나의 아름다운 첫 학기

물망초가족문고 01

나의
아름다운
첫 학기

이근미 글
설지현·설철국 그림

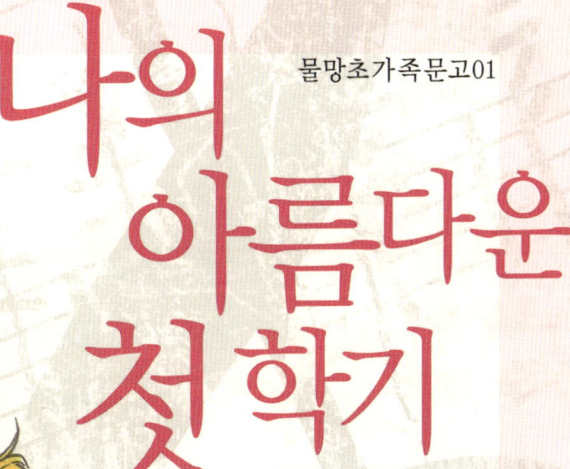

도서출판 물망초

| 작가의 말 |

   정보가 넘쳐나는 사회에 살고 있지만 내가 귀를 막으면 아무것도 들을 수 없습니다. 혹은 잘못된 정보만 접하면 생각이 왜곡될 수 있습니다. 다양한 얘기를 듣고, 다방면의 사람을 만나고, 많은 사건을 지켜보면서 올바른 시각을 갖고자 노력해야 합니다.

   우리 사회는 명확한 사실에 관한 각기 다른 해석으로 대립하고 있습니다. 명백한 사건에 대해서도 각종 음모론이 떠다니고 지난 역사에 대한 판단도 판이하게 다른 경우가 많습니다.

   북한에 대해서도 각기 다른 목소리를 내고 있습니다. 지난 1991년부터 기자로 일하면서 탈북자들, 북한 주민의 인

권을 위해 일하는 사람들, 북한 관련 서적을 접할 기회가 많았습니다. 특히 1990년대 중반에 요덕수용소의 참혹한 실상을 접하고 깊은 충격을 받았으며, 그때보다 더한 사태가 지금도 계속되고 있다는 사실 앞에서 절망합니다.

 이 소설의 주인공은 대한민국 중학교에 편입한 탈북 소녀입니다. 아픈 여정을 헤쳐왔어도 열다섯 살 소녀는 밝고 예쁠 거라는 생각에 이야기가 환하게 펼쳐집니다. 서울 외곽의 보국중학교로 전학 온 한송이가 되어 '나라면 어떻게 헤쳐나갈까'를 생각하면서 읽으면 좋겠습니다.
 글을 쓰는 내내 부모님을 긴장시키며 사춘기를 마음껏 누리는 우리나라의 무서운 중2들과 너무도 다르게 사는 북한의 15세들 생각에 마음이 아팠습니다. 멋진 미래를 꿈꾸며 열심히 달려야 할 글로벌 시대에 고픈 배를 움켜쥐고 거짓 정보를 주입받는 그들의 처지가 안타까울 따름입니다. 우리나라 청소년들이 북에서 온 친구들을 따뜻하게 맞아주고, 열심히 달려 통일을 앞당기는 역군들이 되길 기대합니다.

힘든 여정을 거쳐 한국에 온 탈북 청소년들에게 소설 속의 캐빈 선생님이 주인공 한송이에게 해준 말을 전합니다.

"Bloom where you are planted!"

뿌리 내린 곳에서 활짝 꽃피우십시오. 대한민국은 여러분의 것입니다. 통일이 되면 자유를 찾아온 우리 친구들이 큰 역할을 하게 될 것입니다.

　〈시편〉 말씀 "네 갈 길을 가르쳐 보이고 너를 주목하여 훈계하리로다"를 마음에 새기며 이 책이 나오기까지 힘써주신 모든 분들께 감사드립니다.

이근미

| 차 례 |

 작가의 말 … 4

이건 꿈이 아니야 … 10

새로운 세상 앞에 서다 … 20

보국중학교에서 만난 친구들 … 30

고마운 채송화학교 … 42

북에서 온 아이들 … 54

나 하나만을 위한 책 … 72

무서운 중2처럼 해도 돼 … 88

나를 웃게 하는 내 친구 미소 … 104

뿌리 내린 곳에서 활짝 꽃피어라 … 120

멋진 사람 되기 … 130

엄마, 우리 엄마 … 142

높은 산을 넘다 … 160

들뜬 교장 선생님 … 178

좋은 꿈만 꿔! … 188

남자친구 집에 가다 … 200

좋아하는 여자들은 다 떠나 … 210

결전의 날 … 222

두 명의 남자친구 … 234

나의 아름다운 첫 학기 … 246

이건 꿈이 아니야

포근한 감촉.

아직도 꿈을 꾸고 있는 건가? 아니, 이런 포근함은 꿈에서도 느껴본 적이 없는데. 그렇다면? 그래 맞아. 이건 꿈이 아냐.

눈을 번쩍 떴다. 푹신한 침대에 누워 있는 나. 아늑한 내 방에서 아침을 맞았다. 믿기지 않는다. 어떻게 나에게 이런 행운이 왔지? 괜히 몸을 들썩여본다. 푹신푹신한 침대, 가벼우면서도 따뜻한 이불, 목을 편안하게 감싸주는 베개. 작은 임대 아파트지만 내 책상과 내 옷장이 있는 내 방을 가졌다는 게 꿈만 같다. 아무리 늦게 자도 포근한 잠자리 덕분에 몸이 가뿐하다.

하지만 가슴 한쪽이 점차 회색으로 물든다. 할머니와 아버지 생각으로. 봄이 와도 불을 때지 않으면 한기가 올라오는 방에서 온 가족이 웅크리며 살던 일이 떠오른다. 납작하고 눅눅한 요는 여기저기 뚫려 누런 솜이 늘 삐져나와 있었다. 얇은 이불로 한기가 스며들어 새벽녘이면 저절로 잠이 깼다. 어깨와 다리를 꾹꾹 누르고 있으면 할머니가 한숨을 쉬며 말했다.

"어린 니가 벌써 삭신이 쑤셔서 어카간. 고저 잠자리라도 편해야 하는디, 어린 니가 고생이다. 이번에 어떻게든 장마당에서 이불을 마련해야겠는데, 뭐이 가진 게 있어야지. 에구."

내 걱정뿐이던 할머니는 여전히 고생스럽게 생활하고 있겠지. 어렵게 구한 독한 술로 아픈 몸을 다스리는 아버지의 상태가 더 나빠졌으면 어쩌지. 기분 좋게 일어났건만 한숨이 나온다. 좋은 일이 있을 때면 북에 있는 가족들이 더욱 생각난다.

나는 누운 채 기도했다. 수령님 장군님이 다 해준다고 생각했던 걸 남한 사람들은 하나님이 다 해준다고 여긴다, 고 했던 엄마의 말이 떠올랐기 때문이다.

'하늘에 계신 힘센 분이시여, 할머니와 아버지가 굶지 않고 아프지 않게 잘 돌보아주시라요. 빨리 할머니와 아버지를

만나게 해주시라요.'

조금 울다가 설핏 다시 잠이 든 모양이다.

"송이야. 서둘러라. 오늘이 첫날인데 늦으면 어카간."

엄마의 재촉 소리가 들렸다. 씻고 밥 먹고 학교에 가려면 시간이 빠듯하다. 첫날부터 지각할 수는 없다.

세수하러 욕실에 들어가는데 배에서 꼬르륵 소리가 났다. 나도 슬슬 살빼기를 해야 하나? 요즘 몸무게가 조금씩 불어나고 있다. 처음 한국에 왔을 때 너무 많이 먹어서 배탈이 나곤 했다. 기름진 음식을 소화하지도 못하면서 맛있는 것만 보면 과식했기 때문이다. 내가 유난히 좋아한 건 딸기가 들어간 떠먹는 요구르트와 바나나우유였다. 우유를 먹으면 배에서 부글부글 전쟁이 났지만 달콤하면서도 부드러운 맛에 매료되고 말았다. 아이스크림과 귤, 양갱, 초콜릿, 소시지까지 맛있는 게 너무 많았다. 밥은 밥대로 먹고 군것질을 잔뜩 하다 보니 배가 살살 나오기 시작했다. TV 방송이나 인터넷에는 온통 살빼기 얘기뿐이다. 한국에서는 날씬해야 인기가 있다. 북한에서는 먹을 게 부족해 살찐 사람을 부러워하는데.

'내가 굶을 생각을 다 하다니⋯⋯.'

세수를 하다 말고 거울을 보며 헛웃음을 웃었다.

후딱 세수를 하고 나오는데 주방에서 밥이 다 되었습니다, 라는 소리가 들려왔다. 뚜껑을 닫으세요, 버튼을 누르세요, 라며 친절하게 일러주는 밥솥이 정말 신기하다. 식탁에 앉으면서 밥솥을 보고 피식 웃었다. 밥솥 뒤에 콩알만 한 사람이 숨어 있는 게 아닌가 하여 살펴봤던 일이 떠올랐기 때문이다. 밥솥을 기웃대는 나를 보고 엄마도 재미있는 일화를 들려주었다.

"식당 사장님이 월급을 통장으로 넣었다면서 은행 카드를 만들어줬는데, 돈 찾는 기계에 넣고 을매나 신기해했다고. 어서 오세요, 카드를 넣으세요, 그러는 기계한테 감사합니다, 하며 꾸벅 절을 했다가 놀림받았지. 또 비밀번호를 누르세요, 하는데 입으로 말했다가 사장님한테 야단맞고……. 기계까지도 말을 하니 참 친절한 나라야."

남한에 와서 접한 것은 대부분 신기했다. 그중에서도 압권은 휴대전화이다. 손에 전화를 들고 다니면서 식당에 있는 엄마와 통화하고, 모르는 건 검색창에 치기만 하면 다 나오는 스마트폰이야말로 나의 가장 소중한 물건이다. 한국에 와서 얼마 지나지 않았을 때, 나는 북한이 아니라 아주 먼 옛날에서 온 것 같은 기분이 들었다. 북한의 우리 집에는 있는 거라곤 잘 나오지 않는 구닥다리 TV뿐이다.

엄마가 죽을 떠서 식탁에 놓았다.

"난 죽이 제일 싫은데……."

나도 모르게 밥투정을 하고는 미안한 마음에 엄마 얼굴을 쳐다봤다.

"싫다는 말도 하고, 송이가 투정을 하니 반갑다야, 엄마는."

내가 소학교 1학년 때 북한을 떠난 엄마를 6년 만에 다시 만나서인지 아직도 서먹서먹하다. 그런 엄마한테 투정하는 나에게 오히려 내가 더 놀랐다.

죽이라면 정말 신물이 난다. 쌀이나 강냉이 한 줌에 산에서 뜯은 이름 모를 풀을 넣고 끓인 걸 너무 먹어서 죽이라면 보기만 해도 구역질이 날 정도다. 잘됐다. 이참에 살도 뺄 겸 굶어야겠다.

내가 수저를 들려다 놓자 엄마가 황급히 말했다.

"내가 북에 있을 때 정말 먹고 싶었던 평양어죽이야. 엄마 어릴 때 니 외할머니가 자주 해주신 거다. 우리가 평양에서 쫓겨난 뒤에는 그거 해먹을 형편이 아니었지."

나는 남한에 와서야 엄마가 어릴 때 평양에서 살았다는 걸 알았다.

"내가 악착같이 남한으로 온 건 어릴 때 먹었던 어죽 때문인지도 모른다. 우리 송이에게 꼭 먹이고 싶다, 그런 생각을 늘 했다. 어서 먹어봐라."

엄마는 북한 얘기만 하면 눈가가 촉촉해진다. 나는 미안한 마음에 한 수저 듬뿍 떠서 후후 불어먹었다. 고소함이 입안에 가득했다.

"정말 맛있슴다."

"얼마 전 내가 일하는 식당에 새로 들어온 주방장이 평양어죽을 만들 줄 안다는 기라. 남한 사람인데 인터넷에서 배왔다믄서 식당 아줌마들 회식할 때 내놨드라. 먹어보니 어릴 때 그 맛인 기야. 그래서 만드는 법을 적어왔지. 어릴 때 먹어만 봤지 언제 만들어볼 형편이 됐나. 송이한테 맛있는 어죽을 먹이고 싶어서 열심히 해봤더니 이 맛이 나더라."

"피곤한데 머 하러 열심히 합니까. 뭐든 북에 있을 때보다 맛있는데……."

"또또, 니는 나를 엄마가 아니라 오랜만에 만난 동네 아줌마 대하듯 한다. 여기 애들처럼 엄마한테 반말도 하고 뽀뽀도 하고 그라면 좋을 낀데."

나는 멋쩍은 웃음만 지었다. 아직 엄마 눈도 똑바로 쳐다보기 힘들다. 여전히 서먹서먹한 엄마와 친해지고 싶지만 시간이 필요하다.

"닭고기가 들어 있네요."

"평양어죽은 닭고기 국물에 쌀을 넣고 끓이다가 찢어놓은 닭고기와 숭어나 메기 같은 민물고기를 넣는다. 얼마나 귀한 음식인지 알겠제? 오늘은 숭어를 넣었다."

"옥수수 넣고 끓인 멀건 죽하고는 차원이 다릅다."

멀건 죽이라고 말할 때 목이 메었다. 여전히 할머니와 아버지는 그런 걸 먹고 있을 테니. 엄마가 내 등을 가만히 두드렸다. 우리는 말을 안 해도 마음이 통한다. 북한에 있는 할머니와 아버지 생각을 하고 있다는 걸.

"여기는 음식이 남아돌아 걱정이고, 저쪽에서는 먹을 게 없어서 걱정이고. 우리 식당에 오는 사람들이 을매나 음식을 남기는지. 그거 다 버린다. 아까워 죽겠다. 그대로 싸서 북에 보내면 좋을 낀데."

엄마가 정성껏 끓인 어죽을 조금도 남기지 않고 다 먹었다. 이럴 때 가져야 하는 것이 감사한 마음이다. 엄마가 했던 말을 명심했다.

"남한 사람들이 북한 출신들에게 발견한 특징이 있단다. 감사합니다, 라는 말을 하지 않는다는 기야. 감사할 일이 없었으니 훈련이 안 된 기지. 누가 친절하게 해주면 감사합니다, 고맙습니다, 라고 먼저 말하라. 그런 인사만 잘해도 사랑받을 기다. 사랑은 뭐이라고 설명해야 하나. 그런 단어를 북에서는 통 안 쓰니끼니. 하여간 니가 잘하면 어디서나 귀염받을 기다."

엄마의 말을 귀담아 들었지만 아직 '감사' 라는 말이 가슴에 깊이 와 닿지 않는다. 익숙하지 않아서. 하지만 사랑이라는 말은 뭔지 알 것 같다. 감사하는 마음보다 더 깊은 것, 뭔가 가슴이 뜨거워지는 게 아닐까 하고 짐작했다.

새로운 세상 앞에 서다

지난해 11월 한국에 들어와서 3개월간 하나원에서 한국생활 정착 훈련을 받고 엄마 집에서 지낸 지 한 달 만에 등교하게 되었다. 그러니까 나는 한국에 온 지 4개월 된 완전 새내기이다. 며칠 전 편입수속을 하기 위해 학교에 엄마와 함께 미리 다녀왔다. 단발머리에 날씬한 여자 선생님이 우리를 맞아주었다.

"이 학년 때 송이를 맡을 김수지입니다. 송이는 우리 보국중학교에 처음으로 온 북한 출신이에요. 반가워요. 그동안 고생 많았을 텐데 우리 학교에서 꿈을 키워보세요. 보국, 나라를 보호하고 지킨다는 뜻입니다. 환영합니다."

김수지 선생님이 엄마와 악수를 한 뒤 나에게도 악수를 청했다. 나는 얼떨결에 선생님과 손을 잡고 흔들었다.

  "최대한 아이가 눈에 띄지 않도록 할 생각입니다. 중학생들은 뭐든 비슷하게 하려는 경향이 있어요. 동질감 속에서 자신의 존재감을 가지려는 거죠. 어머님께서 걱정하지 않도록 잘 보살피겠습니다."

  선생님은 두 손으로 엄마의 손을 어루만지며 말했다.

  "감사합니다. 이렇게 환영해 주셔서리. 야가 마이 부족할 낀데, 누가 안 돼야 할 낀데 걱정입니다."

  엄마는 연신 고개를 숙이며 감사를 표했다. 선생님이 나를 바라봤다.

  "송이는 학교 와보니 어떠니? 소감과 각오를 한번 얘기해 보렴."

  나는 망설이다가 입을 열었다.

  "학교가 아주 좋고 크고…… 근데 떨립니다. 걱정이 마이 됩니다."

  선생님이 고개를 끄덕였다.

  "걱정 마. 무슨 일이든 마음먹기에 달렸으니까. 송이는 얼굴도 예쁘고 옷도 깔끔하게 입었고, 우리 학교 다니는 애들과 별로 차이가 없네 뭐. 말투야 금방 고치면 되고."

선생님의 말씀에 고개를 끄덕이기는 했지만 걱정이 되었다. 뭐든 새롭고 어색해서 두려웠다.
"이 지역은 시 외곽이라 별장처럼 큰 집도 많지만 어렵게 사는 사람들도 많아요. 성적은 너무 신경 쓰지 마세요. 아직 중학생이니까요. 송이가 열심히 하면 따라갈 수 있을 거예요. 걱정 마시고 학교에 맡겨주세요."

"선생님 뵈니까 마음이 놓입네다. 감사합니다."

엄마는 '감사합니다' 선수가 되었다. 하긴 엄마는 남한에 온 지 벌써 6년이나 되었다. 선생님이 나를 보고 환하게 웃으며 말했다.

"며칠만 지나면 익숙해질 거야. 뭐든 흡수가 빠른 나이잖아. 학년이 올라갈 때마다 반 편성을 새로 하기 때문에 다른 아이들도 낯선 건 마찬가지야. 그냥 예전부터 이 학교에 다녔다고 생각하고 친구들과 친하게 지내. 송이가 가까이 가지 않으면 아이들도 거리를 두고, 송이가 마음을 열면 아이들도 금방 다가올 거야. 한국에서 외국으로 유학 간 애들도 처음에는 적응을 못 해서 고생하잖아. 송이도 유학 왔다고 생각해. 유학 왔는데 말도 통하고 좋네 뭐."

선생님의 시원시원한 말투에 엄마는 계속 고개를 끄덕이더니 슬쩍 눈가를 훔쳤다. 나는 엄마의 눈물을 보고 결심했다. 어떤 어려움도 이겨내겠다고.

"어려운 일이 있을 때 문자 보내."

선생님은 내가 들고 있는 휴대전화에 자신의 번호를 입력해 주었다. 새로운 세계가 펼쳐진다는 기대에 가슴이 두근두근했다.

엄마는 돌아오는 길에 서점에 들러서 EBS 강의록과 영어 단어숙어장을 사주었다. 동네 학원에 들러 영어와 수학 단과반에도 등록했다. 엄마는 학원선생님에게 자세한 얘기는 하지 않았다. 2학년 올라가는 데 기초가 없다, 고만 말했다. 남자 선생님은 그런 애들 많으니 걱정 말라, 하며 대수롭지 않다는 표정을 지었다. 나처럼 못하는 애들도 있다니 마음이 놓였다.

다음 날부터 학원에 갔지만 종일 입을 다물고 있었다. 일부러 시작하기 직전에 가서 끝나자마자 돌아왔다. 누가 말을 걸려고 하면 급한 일이 생긴 것처럼 서두르며 복도로 나갔다. 아직 다 고치지 못한 억양 때문에 탈북자라는 게 드러날까 봐. 아이들에게 놀림받는 것보다 질문을 받는 게 더 두렵다. 그 얘기에 답하다 보면 할머니와 아버지 생각에 눈물이 날 게 분명하니까.

엄마는 학교 가기 전에 애들하고 미리 친해지는 연습을 하라고 했지만 아직 자신이 없다. 학원에서 배우는 걸 매일 복습하고 예습했지만 다음 날 가도 학원 수업은 모르는 것 투성이였다. 매일 치는 영어 단어 시험 점수가 조금씩 나아져서 다행이다. 학원에도 빠지지 않고 EBS 방송도 열심히 봤다. 드라마를 보면서는 배우들의 말을 따라 했다.

    2월이 금방 지나가고 드디어 개학날이 된 것이다. 학교에 가서 친구들을 만나야 한다. 과연 나는 잘해 낼 수 있을까? 엄마는 걱정하지 말라고 하지만 가슴이 두근두근한다.

    책가방을 챙겨갖고 나오자 엄마가 큰 가방을 들고 나왔다.
"뭐예요?"

"채송화학교에서 갈아입을 니 속옷이랑 잠옷, 양말, 체육복, 책 같은 것들이다. 이제 채송화학교에서 생활해야 하잖나. 나도 식당에 출근해야 하니 우리 아파트 경비실에 맡겨 놓고 갈 끼다."

채송화학교는 나 같은 탈북 청소년들에게 공부를 시켜주는 곳이다. 북한에서 온 아이들이 학교에 적응을 잘할 수 있도록 자원봉사자들이 방과 후에 공부를 가르쳐준다고 했다. 보국중학교에 갔던 날, 바로 채송화학교까지 갈 예정이었는데 식당에서 엄마한테 빨리 오라는 호출이 왔다. 갑자기 손님들이 몰려와서 일손이 달린다면서. 그래서 엄마가 채송화학교 교장 선생님과 통화를 한 뒤 나를 바꿔주었다. 교장 선생님이 전화로 나에게 분명한 어조로 물었다.

"한송이, 엄마가 채송화학교에 널 입학시키시려고 하는데 한송이 네 생각은 어떠니? 우리는 학생의 의사가 더 중요하단다."

나는 뭐라고 답해야 할지 몰라 엄마만 바라봤다. 교장 선생님이 학생의 의견을 묻다니, 처음 접해 보는 일이다. 선생님은 명령만 하는 사람인 줄 알았는데. 엄마는 열심히 하겠다고 말하라며 나를 쿡 찔렀다.

"열심히 하겠습니다."

엄마가 시키는 대로 말하자 전화기 너머에서 남자 선생님이 너털웃음을 웃으며 그럼 3월에 보자, 라고 말했다. 그렇게 하여 나는 두 군데 학교에 다니게 되었다.

"이따가 채송화학교 선생님이 니 데리고 가실 때 경비실에서 짐을 찾아가기로 했다. 오늘은 첫날이니까 채송화학교서 니를 데리러 오지만 한번 가보면 버스 타고 다닐 수 있을 끼다. 일주일에 한 번씩 집에 와라. 그때 빨랫감은 다 갖고 와라. 거기도 세탁기 있겠지만 엄마가 해줄게. 공부해야지 빨래할 시간이 어디 있겠나."

"내가 거기 가믄 엄마는 좀 편하게 지내시라요."

"또또또 그 어른 같은 말투. 좀 중학생답게 귀엽게 몬 하겠나?"

내가 말없이 웃자 엄마는 서운한 듯 내 볼을 만졌다.

남한에 오니 하루하루가 새롭다. 그런 만큼 모든 게 낯설다. 집에서 몇 번 입어봤지만 교복을 입으려니 괜히 쑥스럽다. 하지만 말끔한 감색 교복을 입으니 멋쟁이가 된 것 같아 기분 좋다. 보국중학교에서 어떤 아이들을 만나게 되고 채송화학교에서는 어떤 생활이 펼쳐질까. 머리로는 걱정되는데 가슴은 두근두근한다.

"채송화학교에서 열심히 해라. 올해는 좋은 성적을 올리기 어렵겠지만 내년부터는 잘되겠지. 두 군데나 다니니까……. 여기서는 공부를 잘해야 좋은 대학에 들어가고 좋은 회사에 들어갈 수 있다. 북한처럼 출신 성분에 따라 미래가 정해지는 게 아니다. 여기는 특별대우 받는 당간부집 아이 같은 거 없다."

어떤 일들이 펼쳐질지 모르지만 엄마 말대로 열심히 하면 되겠지. 배불리 먹기만 해도 소원이 없겠다고 생각했는데 이제 그 소원을 이루었으니 열심히 공부하자.

"송이 보고 싶으면 어쩌지? 송이가 북에 있을 때도 견뎠는데 보고 싶어도 참아야지 머 어쩌겠나. 무슨 일 생기면 전화해라."

엄마는 슬쩍 눈가를 문질렀다. 내가 못내 걱정되는지 표정이 어두웠다.

'걱정 마세요. 제가 가슴 졸이며 두만강을 건너고 공안에게 쫓기며 온 중국을 헤매다 악어가 사는 라오스의 강을 건너 도마뱀이 툭툭 떨어지는 태국의 감옥에 갇혀 있다 한국에 온 사람이에요.'

나는 속으로 그렇게 답했다. 몇 번이나 죽었다고 생각했고, 살아 있는 게 믿기지 않을 때도 있다. 그런 어려움을 거쳐 남한에 왔는데 더 이상 두려울 게 뭐가 있을까. 그렇게 생각했지만 사실은 떨렸다. 남한에 와서 처음으로 내 또래 아이들을 만나는데 기분 좋은 두근거림 대신 불안함으로 인해 심장이 불규칙하게 뛰었다.

보국중학교에서 만난 친구들

아파트를 나와 걸어서 10분이면 보국중학교에 도착한다. 차를 타지 않아도 된다는 게 무엇보다 다행스럽다. 북에 있을 때 차를 타본 일이 거의 없어 차만 타면 속이 울렁거리고 머리가 빙빙 돈다. 교문이 보인다. 똑같은 교복을 입었으니 나를 특별하게 여기지 않겠지. 심호흡을 하고 걸음을 빨리하는데 띠링 문자가 들어왔다.

> 등교를 환영한다.
> 모든 게 낯설겠지만 금방 익숙해질 거야.

김수지 선생님의 문자에 힘이 났다. 낯선 것 가운데 가장 먼저 익숙해져야 할 건 서울말이다. 엄마는 남한에서 산 지 6년이 지났지만 말투를 거의 고치지 못했다. 어디서든 엄마가 말을 하면 사람들의 눈빛이 달라진다고 했다.

"대개 연변에서 왔다고 생각한다. 한국 사람들은 조선족은 무시하고 탈북자는 무서워한다. 통일되면 손해를 많이 볼 거라고 생각해서 벌써부터 부담스러워하고. 탈북자들한테 세금 많이 들어간다고 억울해하는 사람도 있다. 니는 어려서 금방 말을 바꿀 수 있을 끼야. 말만 여기 아이들하고 비슷하면 친해지는 데는 문제없을 기다."

아이들과 친해지기보다 눈에 띄기 싫어 빨리 말투를 고치고 싶다. 아나운서의 말도 따라 해보고 드라마를 보면서 탤런트들의 말도 따라 해봤지만 아직 잘되지 않는다. 무엇보다도 엄마 이외의 사람과 대화를 나누지 않아 반응을 알 수 없다. 서울말 연습을 해도 엄마가 오면 다시 북한 말투로 돌아가는 게 문제다. 힘차게 외치는 북한의 아나운서들과 달리 부드럽고 다정한 남한 아나운서들의 말투를 빨리 배우고 싶다.

심호흡을 하고 교문 안으로 들어서는데 남학생이 내 옆을 휙 지나쳐 앞으로 갔다. 키가 나보다 한 뼘이나 컸다. 아직 날씨가 쌀쌀한데 외투 대신 교복 위에 회색 체크무늬 목도리만 두른 차림이다. 앞서 걷던 두 여학생이 돌아보더니 입을 막고 폴짝폴짝 뛰었다. 혹시 보국중학교에 연예인이 다니는 걸까? 연예인이 다닌다고 해도 나는 절대 따라다니지 않겠지만.

드라마를 보다가 놀란 적이 한두 번이 아니다. 어떻게 그렇게 남자들이 예쁘게 생겼을까. 알고 보니 대개 아이돌 가수 출신 배우였다. 누가 누군지 분간하기 힘든 배우들은 모두 다 날렵한 턱선을 갖고 있었다. 눈 코 입이 좁은 턱선 안에 딱 맞게 자리 잡은 것도 놀라웠다. 여자도 아닌 남자들이 섬세하고 아름다운 걸 보고 절망했다. 남자들이 깨끗하고 예쁘니 여자들은 얼마나 더 예쁠 것이며, 예쁜 남자들을 보고 설레는 여자들은 얼마나 눈이 높을까. 남쪽 아이들은 북쪽 아이들보다 키가 훌쩍 크고 얼굴이 하얗다. 대신 뚱뚱한 아이들이 많다.

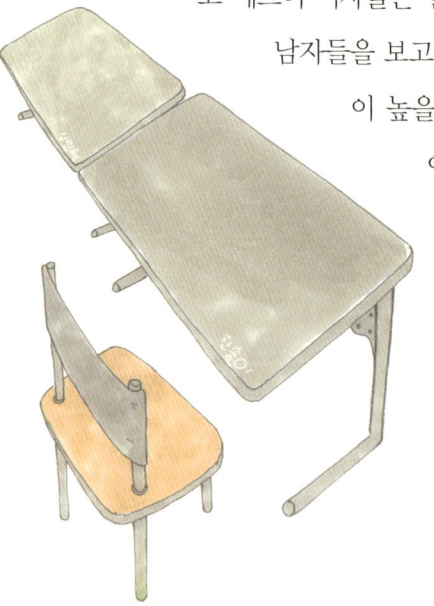

곱고 예쁜 거 따지고 살 처지는 아니지만 어쨌든 주눅이 든다. 앞으로 나에게 어떤 일이 펼쳐질

지, 그건 아이돌 가수들의 얼굴만큼이나 나에겐 가늠이 안 되는 일이다.

김수지 선생님이 보내준 통지문에 따르면 나는 2학년 2반이다. 선생님은 학교 지리에 익숙지 못한 나를 위해 손수 교실 위치까지 그려서 보내주었다. 본관 2층 계단을 올라가서 오른쪽으로 꺾어 끝에서 두 번째가 우리 반 교실이다.

8시 30분까지 오라고 했는데 10분 남았다. 교무실 앞에서 기다리다가 김수지 선생님과 함께 갈까 하다가 그냥 2반 교실로 갔다. 조금이라도 특이하게 행동하는 게 더 이상할 수 있으니까. 뒷문을 열고 들어가니 몇몇 아이들이 자리에 앉아 있었다. 두리번거리고 있으려니 중간 자리에 앉은 남자애가 말했다.

"이름이 뭐야?"

"한송이."

"두 송이가 아니라 한 송이, 내 옆이네."

아이들이 까르르 웃었다. 어릴 때부터 늘 두 송이 세 송이라고 놀림 받았다. 기분이 나빴지만 표시 내지 않고 그애 옆으로 갔다. 책상 위에 내 이름이 붙어 있었다. 옆에 앉은 아이의 이름은 김민혁이었다. 민혁. 북한 아이들의 이름에 유난히 혁이라는 글자가 많이 들어가는 걸 이애는 알까? 이름 옆에 회색 체크무늬 목도리가 있었다. 아까 본 거다. 그렇다면 이애가 아까 내 앞으로 스쳐지나갔던, 여자애들이 환호하며 봤던 그애인가? 슬쩍 쳐다보다가 깜짝 놀랐다. 아이돌 가수처럼 갸름한 턱선에다 잘생긴 얼굴이어서.

"너 전학 왔니? 일 학년 때 못 본 거 같아서."

민혁의 질문에 아무 대답도 안 했다. 앞쪽에 앉은 여자애가 넋을 놓고 민혁을 바라봤다. 급기야 내가 부럽다는 표정까지 지었다. 내가 민혁의 짝이 된 건 대단한 행운이라는 듯.

"쌩까냐? 내 말에 대답을 안 하는 애가 있다니. 헐~."

생까냐, 헐, 대체 무슨 말인지 모르겠다. 나는 대꾸하지 않고 입을 꾹 다물었다. 괜히 첫날부터 북한 말투로 주목받으면 안 되니까. 다행히 김수지 선생님이 들어왔다. 내 쪽을 보긴 했지만 특별히 관심을 나타내진 않았다.

"반갑다. 작년에 내가 삼 학년 담임이어서 올해 모두 새로 만나는 친구들인데, 올 한 해 잘해 보자. 책상에 붙여놓은 건 개학 기념 이벤트! 선생님이 무작위로 막 섞어서 남학생 한 줄, 여학생 한 줄, 붙여놓은 거야. 선생님이 너희들을 전혀 모르는 가운데 마구 짝을 지은 거지. 우연과 필연은 종이 한 장 차이야. 우연인 것 같지만 그게 필연이기도 하고, 그런 게 세상 이치지. 이 학기 때는 여러분이 원하는 방식으로 짝을 정할게. 한 학기 동안 우연인 듯 필연인 짝과 친하게 지내도록. 어때 재미있지?"

김수지 선생님의 말씀에 민혁만 네! 하고 크게 대답했을 뿐 다른 아이들은 시큰둥한 반응이다.

"어, 이 반응은 뭐지? 내 이벤트가 별로였나?"

"아닙니다. 재미있어요."

이번에도 민혁이다. 피곤할 것 같다. 너무 적극적이다. 나한테 질문을 많이 할 것 같다. 무조건 대답하지 않아야겠다. 이 정도로 적극적이면 내가 북한에서 왔다는 사실을 아는 순간 모든 걸 다 알고 싶어할 테니까.

"어디 보자. 흠, 지금 대답한 친구는 김민혁. 김민혁 옆은 한송이, 한송이 앞은 연미소, 연미소 옆은 송진우. 내가 자리 배치를 미리 한 이유는 너희들 이름을 빨리 외우기 위해서지."

"와, 대단하세요. 멋지십니다."

이번에도 민혁이다.

"네, 멋지세요. 이벤트 좋아요."

이번에는 민혁 앞의 송진우다. 민혁과 진우가 손뼉을 치자 모두들 따라서 쳤다. 연미소가 살짝 웃으며 민혁을 돌아봤다. 민혁을 좋아하는 게 틀림없다.

"좋아, 환영해 주어서 고맙네. 나는 올 한 해 너희들과 아주 잘 지내고 싶다. 우리 반을 왕따, 학교 폭력, 흡연이 없는 클린 클래스로 만들고 싶다. 협조해 줄 거지?"

선생님 말씀에 민혁이 꿈도 크시네, 안 그러냐? 하고 속삭이며 나를 쳐다봤다. 나는 이번에도 가만히 있었다. 민혁이 작은 목소리로 켁, 이라고 했다. 헐, 켁, 남한 아이들은 알 수 없는 글자 하나로 기분을 대신하는 게 분명하다. 쉬는 시간에 수첩에 적어두어야겠다. 남한에 와서 새로 알게 된 단어를 써넣는, 내가 만드는 사전이다.

조례가 끝난 뒤 방송으로 교장 선생님 훈화를 듣고, 교과서를 받은 뒤 도서관에 새로 들어온 도서목록을 배부받았다. 특별활동에다 방과 후 학습 신청까지 이것저것 하느라 정신이 없었다.

"어휴, 이 학년이 되니 더 바쁘네."

내가 대꾸를 안 해서인지 민혁은 혼잣말을 했다. 미안한 마음이 들었지만 훗날 내 사정을 알릴 기회가 온다면 그때 말하고 싶다. 김수지 선생님이 쉬는 시간에 잠깐 교무실로 오라는 문자를 보내왔다. 1층 교무실에 들어갈 때 혹시 아이들이 볼까 봐 뒤를 돌아봤다. 아직은 누구 눈에도 띄고 싶지 않으니까. 선생님은 조그마한 의자를 내주었다.

"오늘부터 채송화학교에 갈 거지? 송이가 오늘 거기 기숙사에 들어갈 거라는 정보를 미리 입수했지. 나도 거기서 봉사하기로 했어."

김수지 선생님도 채송화학교에 간다니 마음이 푸근해졌다.

"지난번에 송이를 만나고 나서 북한을 떠나 한국에 온 사람들에 대해 검색하다가 채송화학교가 우리 집 근처에 있다는 걸 알게 됐지. 그래서 찾아갔다가 시간 나는 대로 봉사하기로 했어. 마침 음악을 가르칠 선생이 없다더라. 내가 국어 선생이지만 피아노를 오래 쳤기 때문에 음악 이론도 가르치고 피아노도 가르치려고. 너도 피아노 배울래?"

와, 피아노라니. 너무 많은 게 한꺼번에 몰려온다.

"수업 마치면 도서관에서 네 시까지 책 읽고 있어. 선생님들은 여덟 시에 출근해서 점심시간에도 쉬지 않고 급식 지도를 하기 때문에 네 시에 마쳐. 평소에는 일이 많아 여섯 시쯤 퇴근했는데 이제 송이를 채송화학교에 데려다주고, 봉사하고 그러려면 네 시에 맞춰 나가야지."

나 혼자 버스를 타고 채송화학교까지 가는 것 때문에 엄마가 걱정을 했는데 고마운 일이다.

"그럼 선생님의 많은 일은 언제 처리하시려고 그러십니까."

"좀 더 일찍 출근하거나, 일거리를 집으로 가져가면 돼. 아직 결혼 안 해서 저녁 시간까지 내 마음대로 쓸 수 있어. 오늘은 첫날이니까 한 시쯤 끝날 거야. 도서관에 가 있어. 선생님이 문자 보낼 테니까. 우리 잘해 보자."

선생님이 손바닥을 세웠다. 내가 가만히 있으니까 선생님이 다른 손으로 내 손목을 들어 올렸다. 그러더니 내 손바닥에 선생님 손바닥을 부딪치며, 하이파이브! 하고 말했다. 하이파이브. 이 말도 사전에 써넣어야겠다.

교실로 돌아오는데 선생님에게 감사합니다, 라고 인사하지 않은 게 기억났다. 다음에는 꼭 해야지. 표현하지 않으면 모르니까. 마음 아래에서부터 따뜻한 것이 올라오는 기분이다. 친절한 선생님을 만나서 다행이다. 하지만 아직 마음을 여는 게 쉽지는 않다. 누구든 의심하는 버릇을 없애기가 힘들다. 누가 우리를 고발할지 몰라서 숨도 못 쉬고 숨어 있을 때가 떠오르면 가슴이 갑갑해진다. 그래서 아직 엄마한테도 속을 다 털어놓지 못하고 있는데 선생님이 확 다가오니 조금 부담스럽다. 하지만 기쁘다.

가방을 챙겨서 도서관으로 향했다. 선생님이 보내주신 학교 지도를 보니 3층은 3학년 교실이고 4층 계단 오른쪽이 도서관이다. 고마운 선생님.

"어서 와. 개학 첫날이라 도서관에 오는 친구가 없는데 반갑네. 새 책 많이 들어왔으니까 살펴봐. 저쪽이 신간 코너야."

친절한 사서 선생님에게 인사를 하고, '신간 코너'라고 가리킨 쪽으로 갔다. 코너. 남쪽에 와서 못 알아듣는 단어가 많아졌다. 이것도 사전에 써넣고 이따가 스마트폰으로 검색해 봐야겠다. 책이 엄청나게 많다. 북한에서는 외워야 하는 책들을 여럿이 돌려 봤다. 거의 헌책만 보다가 표지가 예쁜 새 책을 보니 신기했다. 북한에 있을 때 들었던 남한 얘기는 다 잘못되었다. 거지들이 거리에 가득하다는 것도, 나쁜 사람들뿐이라는 말도 다 거짓말이다. 처음에는 많이 혼란스러웠는데 이제 좀 익숙해졌다. 북한에서 들은 말을 반대로 생각하면 얼추 맞았다.

"어, 너 책 많이 읽나 보다. 첫날부터 도서관에 오고."

뒤를 돌아보니 민혁이 서 있었다. 나는 고개를 가로저었다.

"왜 말을 안 해. 신비주의냐? 아니면 박경림처럼 목소리가 탁하냐?"

박경림이 누구지? 신비주의는 또 뭐야? 무슨 뜻인지 몰라 가만히 있자 민혁이 어깨를 으쓱했다.

"졌다. 다들 나랑 말을 못 해서 난린데 너는 내가 말을 붙여도 대꾸를 안 하니. 예쁜 건 인정. 그렇지만 밀당이 너무 심하면 아예 무시당한다는 거 명심해 줬으면 해."

밀당은 또 뭐지? 머리가 아프다. 여학생 두 명이 들어오더니 나를 째려봤다. 아침에 교문 앞에서 민혁을 보고 폴짝폴짝 뛰던 그 애들이다. 한 명은 까만 안경을 꼈고, 한 명은 빨강 목도리를 했다. 민혁이 뒤돌아봤다.

"뭐야, 니네들. 책도 안 읽으면서 여긴 왜 왔어."

안경은 그 말에 대꾸도 안 하고 손가락으로 나를 가리켰다.

"쟤는 누구니?"

안경의 질문에 민혁이 갑자기 내 어깨에 팔을 둘렀다.

"내 짝꿍이야. 첫날부터 친해져서 같이 책 보러 온 거야."

"뭐야? 우리가 그렇게 만나자고 해도 무시하더니, 너무한 거 아냐?"

빨강이 입술을 쑥 내밀었다.

"만나자는 애가 한둘이어야 말이지."

내가 민혁의 팔을 가만히 내렸다. 확 뿌리치면 민혁이 거짓말한 게 되니까. 그런데 왜 내가 그런 사정을 봐줘야 하지? 어쨌든 짝꿍이니까.

"얘들아, 도서관에서는 조용히 해야지. 오늘 개학이어서 너희들밖에 없다만 그래도 떠들면 되겠니?"

사서 선생님 말씀에 안경과 빨강이 나를 찌를 듯 째려보더니 나가버렸다. 마침 김수지 선생님으로부터 문자가 왔다. 교문 밖에서 기다리고 있으라는 내용이었다. 내가 가방을 챙겨서 일어나자 민혁이 말했다.

"봤지? 애들이 나 따라다니는 거. 근데 넌 내가 물어도 대답도 안 하고. 며칠이나 갈지 모르지만."

나는 끝내 대답을 하지 않고 나왔다. 미안하지만 아직은 어쩔 수가 없다. 나도 솔직히 답답하다. 남한에 와서 또래들과 얘기를 나눈 적이 없으니까. 하나원에 있는 동안에도 어른들과 어린애들뿐이었지 중학생은 없었다. 나도 자신 있게 말할 수 있는 날이 빨리 오길 바랄 뿐이다. 그날이 오면 민혁에게 먼저 말을 걸어줘서 고맙다고 할 생각이다.

고마운 채송화학교

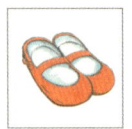

 김수지 선생님은 우리 아파트에 들러서 엄마가 경비실에 맡겨놓은 내 짐을 찾았다. 그런 다음 선생님 차에 싣고 채송화학교를 향해 달렸다.
 "배고프지 않니? 내일부터 급식이 나올 거야. 오늘은 일찍 끝나서. 채송화학교 교장 선생님이 거기 와서 점심 먹으라고 하셨어. 그러니 조금만 참아."
 "괜찮습니다."
 배고픈 일 정도는 아무것도 아니다. 조금만 참으면 되는데 뭔 걱정이람.
 학교에서 30분 정도 달린 뒤 샛길로 들어서자 바로 아담

한 학교가 보였다.

"와 경치 좋다. 풀 냄새도 좋고. 다 왔다 내리자."

"감사합니다."

엄마처럼 자주 해야겠다고 결심하자 툭 튀어나왔다.

"송이는 표현을 잘하는구나. 요즘 애들은 감사하다는 말을 잘 안 하는데. 집에서 오냐오냐하고 커서 누가 잘해 주는 걸 당연하게 여기거든. 송이가 감사하다고 하니 기분 좋네. 근데 고마워하지 마. 나도 채송화학교에 할 일이 있어서 온 거니까."

남쪽 아이들도 감사를 잘 안 하는구나. 어쨌든 선생님에게 칭찬받으니 기분이 좋다.

우리는 바로 식당으로 안내되었다. 턱수염을 기른 남자분이 김수지 선생님에게 악수를 청했다.

"기다리고 있었습니다. 김 선생님 정말 훌륭하십니다. 격하게 환영하고 앞으로 제가 충성을 다하겠습니다."

남자가 고개를 깊숙이 숙여 인사를 했다.

"제가 오히려 감사하죠. 보람 있는 일을 할 수 있게 되어 기쁘고 영광입니다."

남자가 나를 보고 환하게 웃었다.

"오, 잘 왔다. 네가 한송이? 나는 채송화학교 하인수 교장

이다."

교장 선생님이라는 말에 얼른 고개를 숙여 인사했다.

"지금 우리 학교에 중학생은 너밖에 없단다. 다들 초등학생이야. 나이가 좀 많은 오빠가 한 명 있고, 중학생들이 몇 명 왔다가 다 못 견디고 나갔어. 학교에서 공부하고 여기서 또 밤늦게까지 공부하기가 힘드니까. 송이는 선생님까지 지원해 주시니 열심히 하겠지?"

나는 고개를 끄덕였다. 중학생이 한 명도 없다니 좀 섭섭했다. 북한에서 온 친구가 있으면 실컷 얘기를 나눠볼 텐데.

싱싱한 쌈 채소와 제육볶음, 가지무침, 오이소박이, 미역 냉채가 나왔다.

"와, 맛있겠다. 채소가 정말 신선해요."

선생님이 한입 가득 쌈을 싸서 먹으며 말했다.

"아이들이 온실에다 직접 씨를 뿌려서 기른 거예요.

농약을 하나도 안 친 유기농이죠. 이사장님께서 김 선생님 싸드리라고 하셔서 담아놨어요. 이따 가실 때 챙겨드릴게요. 날씨가 따뜻해지면 그냥 밭에다 심는데 땅이 비옥해서 뭐든 잘됩니다. 가지하고 오이도 다 우리 밭에서 난 거예요. 필요한 거 있으면 얼마든지 말씀하세요."

교장 선생님이 채소 봉지를 들어 보였다.

"와, 고맙습니다."

김수지 선생님은 싱글벙글 웃으며 나한테 눈을 찡긋해 보였다. 아직 고기가 익숙하지 않지만 쌈을 싸서 제법 많이 먹었다. 선생님이 꿀맛이지, 라고 물었는데 정말 맛있었다. 매일 이렇게 맛있는 밥을 먹을 수 있다는 게 고맙고 놀랍다.

밥을 다 먹고 나자 교장 선생님이 자기 식판은 자신이 닦아야 한다고 일러주었다. 선생님과 함께 식판을 닦아 선반에 얹어놓았다.

교장 선생님은 식당 옆 1층 교무실과 2층의 교실들을 보여주었다. 다 함께 모일 수 있는 큰 공간도 있었다. 본관 옆의 기숙사로 이동했다. 현관에 신발을 벗고 들어가자 1층에 도서관과 음악실이 있었다. 내 눈길을 끈 건 음악실에 있는 아코디언이었다. 내가 가장 좋아하는 악기인데 채송화학교에 있다니 반가웠다. 2층은 여자기숙사, 3층은 남자기숙사였다.

교장 선생님이 백합방에서 내다보는 아이들에게 손짓하자 세 명이 달려 나왔다.

"우리 학교에 초등학생이 모두 열 명인데 지금 세 명이 입실했고 이번 주 안에 다 올 거예요. 애들아 인사드려라. 보국중학교 김수지 선생님이신데 너희들에게 음악을 가르쳐주시고 피아노도 가르쳐주실 거야."

정말요? 나 피아노 치고 싶은데, 아이들이 손뼉을 치며 좋아했다. 완벽한 표준어에다 얼굴에 그늘이라곤 없었다. 한국에 온 지 얼마나 됐을까. 저렇게 적응을 잘하다니. 신기하기 그지없었다.

나는 '샐비어'라는 팻말이 달린 방에 배정되었다. 2층 침대 두 개에다 예쁜 책상과 옷장도 있었다.

"샐비어, 사루비아라고들 말하는데 꽃말은 '불타는 열정'이야. 어느 방으로 배정할까 하다가 송이가 불타는 열정으로 빨리 친구들을 따라잡으라고 이 방을 선택한 거야."

아직 어리둥절하지만 불타는 열정으로 나서야겠다. 시설을 구경한 뒤 1층 휴게실로 갔다.

"이사장님의 아버님이 한국전쟁 때 이북에서 피난 와 남대문 시장에서 큰 가게를 하셨어요. 하나뿐인 따님에게 유산을 남기셨는데, 이사장님이 이걸 어떻게 의미 있게 사용할까 하다가 채송화학교를 만드신 거예요."

김 선생님은 고개를 끄덕이며 감동한 표정을 지었다.

"채현주 이사장님 성을 따서 채송화학교라고 지은 줄 알았더니 여기에 채송화가 많았대요. 채송화 꽃말이 '순수'인데 이사장님도 정말 순수하신 분이에요. 땅 구입하고 건물짓고 하는데 벌써 돈이 많이 들었죠. 저랑 주방장님, 사무 보시는 분, 기사까지 매달 직원들 월급 주시는 것만 해도 대단하죠. 학교가 활발하게 운영되는 건 김 선생님 같은 분들이 자원봉사를 해주시기 때문이에요."

"훌륭한 분이시네요. 언제 이사장님을 뵙고 싶어요."

"드러내는 걸 싫어하시는 겸손한 분이에요. 살짝 오셔서 밭농사 짓고, 필요한 거 조달해 주시고, 자원봉사자들 연결해 주시고, 뒤에서 힘을 많이 쓰시죠. 곧 만나게 되실 거예요. 이 년간 준비해서 지난 학기에 개학했어요. 아직 공사해야 할 데가 많아요. 일손이 필요하죠."

엄마는 채송화학교에서 무료로 공부시켜 주고 숙식을 제공하는 거 보니 나라에서 경비를 대는 것 같다고 말했다. 그런데 이사장님 재산으로 학교를 짓고, 여러 사람이 돈도 안 받고 도와준다니 언뜻 이해가 안 되었다. 왜 아무것도 안 생기는데 이런 일을 하는 걸까?

교장 선생님과 김수지 선생님이 계속 학교 얘기를 나누는 동안 나는 본관 앞 작은 운동장에서 뛰어노는 아이들을 바라보았다. 북한에서 왔다는데 도무지 구김살이라곤 없어 보였다. 자기네끼리만 있어서 그런 건가? 나도 곧 저렇게 편해졌으면 좋겠다.

북한에서의 기억은 모두 어두컴컴하고 회색빛인데 소학교 1학년 그 여름 며칠만큼은 환한 색이다. 그즈음 내가 다섯 살 때 러시아 벌목공으로 떠났던 아버지가 돌아왔다. 아버지는 불룩한 가방을 끌고 왔는데 쌀이나 옷 같은 것이 들어 있었다. 물건 꺼내는 걸 지켜보는 나에게 아버지가 빨간 구두를 쑥 내밀었다.

"우리 송이 선물이다이. 이거이 최고급이야. 어디 한번 신어보라야. 일 학년 아이들한테 맞는 걸로 샀는데 클지도 모르겠다. 공화국 아이들이 러시아 아이들보다 작아서리."

신발은 나에게 조금 컸다. 할머니는 커야 내년에도 신을 수 있다며 잘됐다고 했다. 빨간색 구두는 양쪽에 리본이 달려 있어서 더 앙증맞았다. 내가 빨간 구두를 드륵드륵 끌며 동네에 나갔을 때 아이들의 눈이 휘둥그레졌다.

"고거이 뭐야. 못 보던 거다야."

"오데서 났니? 나도 갖고 싶다야."

"색까리가 이뿌다야. 모양새도 이뿌고."

친구들이 부러워서 모두들 한마디씩 했다.

"우리 아부지가 러시아에서 사온 거이야. 공화국에는 없을 끼야."

내 말에 아이들은 한숨을 푹 쉬었다. 밖에 나갔다 오면 걸레로 구두 바닥을 닦고 잘 때도 꼭 안고 잤다. 그런데 그 좋은 기분은 곧 깨지고 말았다. 아버지가 오기 전날부터 보이지 않던 엄마가 계속 집에 들어오지 않았기 때문이다.

"할머니, 엄마는 어디 가서 안 오는 기야. 엄마가 무슨 말 안 했어?"

내 질문에 할머니는 아무런 대답도 해주지 않았다. 일주일이 지나도 엄마가 오지 않아 울면서 물어보자 그제야 할머니가 말했다.

"고저 멀리 간 거 같다. 간다 간다 하드만 진짜 갔네."

"어디를 갔는데. 어디를 간다 간다 했드랬어?"

"멀리면 어디겠냐. 강 건너 가서 어디로 갔겠지. 아마 한참 후에 연락 올 끼다. 누가 물으면 무조건 모른다고 해라. 우리는 무조건 모르는 기다. 그라고 할머니는 진짜 모른다."

그때는 어려서 강 건너 가는 게 뭔지 몰랐지만 점차 알게 되었다. 강 건너 보이는 중국으로 가는 사람들 중에 돌아오는 사람도 있지만 돌아오지 않는 사람들도 있다는 걸. 엄마가 갑자기 사라진 게 이해되지 않았다. 엄마가 나에게 한마디도 안 하고, 아버지가 돌아오는 걸 보지도 않고 어디론가 가버린 게. 엄마가 돌아오지 않을 거라는 걸 눈치 채고부터 나는 말 없는 아이로 변했다. 더 이상 빨간 구두를 신고 돌아다니지도 않았다. 가끔 집 안에서 빨간 구두를 꺼내서 신어보곤 했지만.

 3학년이 되자 빨간 구두가 작아 더 이상 들어가지 않았다. 종이에 잘 싸서 장롱 위에 올려놓았다. 빨간 구두만 생각하면 천당과 지옥을 오갔던 그 일주일이 생각난다. 엄마가 남쪽에서 돈을 벌어 나를 데려왔지만 아직도 1학년 때의 배신감이 마음 한쪽에 남아 있다.

 밖에서 뛰노는 아이들은 밝기만 하다. 그늘이라곤 한 오라기도 없어

보인다. 아직 어려서 그런 걸까. 나는 여전히 혼란스럽다. 북에 있을 때보다 잘 먹고, 좋은 물건을 쓰고, 예쁜 옷을 입게 되었지만 마음이 마냥 편한 건 아니다. 새로운 세계에 대한 두려움과 할머니와 아버지에 대한 걱정과 그리움 때문에.

"교장 선생님, 제가 송이는 학교에 데리고 갔다가 데려오는 걸 담당할게요."

"아휴, 그러지 마세요. 송이도 빨리 우리 사회에 익숙해져야 해요. 우리 학교에 미니버스가 있지만 초등학생들도 일부러 걸어가게 해요. 그래야 길눈도 밝아지고, 버스 타는 것도 알게 되고, 다니면서 사람들과 친해지기도 하죠. 아침에 애들하고 같이 내려가서 송이는 버스 타고 가면 돼요. 여기 애들하고도 친해져야죠. 올 때만 같이 오시면 됩니다."

"아, 그렇군요. 송이가 우리 사회에 빨리 익숙해지는 게 중요하죠. 알겠습니다."

"필요할 땐 제가 나서면 됩니다. 제가 말이 교장이지 기사에다 청소원에다 사감에다, 뭐든 다 합니다. 자원봉사자 선생님들이 못 오실 때는 수업도 하고. 제가 예체능까지 다 섭렵하고 있거든요. 피아노, 바이올린, 기타, 플루트에다 사물놀이도 하고."

김수지 선생님이 대단하다며 감탄을 했다.

"제가 호기심은 많고 인내심은 없는 성격이거든요. 악기를 어느 정도 익히면 다른 걸 또 하고 싶고, 그래서 이것저것 배워놨더니 여기 와서 요긴하게 써먹네요."

아무리 봐도 신기한 교장 선생님이다. 재미있는 일이 많이 생길 것 같은 기분이 든다.

북에서 온 아이들

 김수지 선생님이 집으로 돌아간 뒤 교장 선생님이 나에게 채송화학교의 규칙에 대해 알려주었다. 학교에서 돌아와 6시까지 저녁식사를 마치면 바로 공부를 시작하여 세 시간 동안 계속한다고 일러주었다.
 "미리 겁먹을 필요 없어. 세 시간 내내 책상에만 앉아 있는 건 아니니까. 중간중간 쉴 수 있어. 송이 단 한 명을 위해서 선생님들이 시간 내주시는 거니까 송이가 열심히 해야겠지? 우리 학교 선생님들이 얼마나 대단한지 보여줄까?"
 교장 선생님이 책장에 꽂힌 두툼한 걸 가져왔다.
 "자, 캐빈 장 선생님은 미국 프린스턴대학교 재학생인데

군 입대를 위해 귀국했어. 영어를 가르치실 거야. 민준희 수학 선생님은 서울대학교에 다녀. 공부도 잘하고 얼굴도 예쁘고 패션 센스도 뛰어나고, 팔방미인이지. 집이 이 동네라 일주일에 한 번 시간을 내주기로 했어. 국어는 김수지 선생님한테 배우면 되고. 내 생각에 피아노는 나중에 배우는 게 좋을 거 같아. 지금은 우선 학과 공부를 따라가는 게 중요하니까. 과학이나 사회 과목 중에서 잘 모르는 건 틈틈이 나한테 질문해. 송이를 위해 드림 팀이 꾸려졌으니 열심히만 하면 돼."

드림 팀, 무슨 말인지 모르겠지만 좋은 뜻인 것 같다. 사람들이 나 하나를 위해 모인다는 게 이해는 잘 안 되지만 고마운 일인 건 틀림없다. 자원봉사란 과연 뭘까.

"교장 선생님, 왜 사람들이 저를 위해 애씁네까? 중국을 거쳐서 한국으로 올 때도 많은 사람이 도와주셨슴다. 왜 사람들이 잘 알지도 못하는 나를 도와주는 거입니까?"

교장 선생님은 책장을 정리하다가 정색을 하고 내 앞에 앉았다.

"그건 보람 있는 일이기 때문이지. 재능이나 지식은 남들과 나눌 때 빛이 나는 거야. 북한에서 온 소녀가 우리 사회에 잘 적응할 수 있게 돕는 건 정말 귀한 일이지. 한 사람이 제대로 꿈을 펼칠 수 있도록 인도하는 거잖아. 아름다운 일을 하고 싶어하는 선한 사람들이 많단다."

먹을 게 없어 허덕이는 곳에서 살다 오니 모든 게 헷갈린다. 아름다운 일, 선한 사람이라는 말이 인상적이다. 나는 망설이다가 말을 꺼냈다.

"아까 이사장님 얘기를 하시던데 나라에서 이사장님에게 돈을 주는 거야요?"

"그렇지 않아. 이사장님도 자신이 가진 재산을 선한 일에 사용하시는 거지. 여러 가지 일을 계획하시다가 북한에서 온 아이들이 학업 성적이 너무 떨어져서 학교 다니는 일에 흥미를 잃고, 결국 학교에 다니지 않게 되고, 그 때문에 가출하여 나쁜 길로 빠지곤 한다는 얘기를 듣고 이 학교를 만드신 거야. 탈북자를 돕는 단체는 많은데 공부를 가르쳐주는 곳은 많지 않거든. 작년에 온 애들이 성적이 많이 오르고 밝아져서 이사장님이 보람을 느끼고 계셔."

단지 보람을 느끼기 위해 많은 돈을 들인다는 건가? 한국에 온 지 넉 달밖에 안 되어 이해 안 되는 게 너무 많다.

"송이야. 천천히 조금씩 익히면 돼. 좀 더 지나면 저절로 이해될 거야."

교장 선생님 말씀에 고개를 끄덕였다.

"자, 우리 학교 건물은 두 동이고 건물 주변에 일구어놓은 밭도 우리 학교 거야. 주변에 노는 땅이 많은데 일손이 부족해. 좀 둘러보고 다섯 시 삼십 분까지 식당으로 와. 저녁에 아이들하고 정식으로 인사하자."

교장 선생님이 내 머리를 가볍게 쓰다듬으며 열심히 해보자고 했다.

일단 2층 내 방으로 왔다. 네 명이 쓰는 방인데 나 혼자여서 쓸쓸했다. 한 사람이라도 더 들어오면 좋을 텐데. 가방에는 속옷과 겉옷, 양말, 칫솔, 화장품이 들어 있었다. 큰 선물을 받은 기분이다. 북한에서는 본 적도 없는 고급 제품이 내 앞에 가득 있으니 꿈을 꾸는 것 같다. 거지들이 득실거린다던 남한에서 사람들은 모두 깨끗한 옷을 입고 좋은 물건을 쓴다. 북에서 감쪽같이 속고 살았던 일이 화가 난다. 물건을 하나하나 정리하는데 남루한 옷을 입은 북한의 우리 동네 아이들 생각에 눈물이 났다. 여전히 남쪽이 미국 승냥이들 때문에 굶주린다고 생각하는 북한 친구들. 차라리 모르는 게 더 나을 것이다. 어떻게 이렇게 다른 세상이 있을 수 있담. 어떻게 한쪽은 이런 세상을 까맣게 모르고 살까. 풀리지 않는 숙제다.

가방 밑바닥에 생리대와 선식 한 박스, 비타민 한 통과 함께 편지가 들어 있었다.

> 거기서 밥을 주겠지만 혹시 배고프면 선식을
> 물이나 우유에 타서 먹어라.
> 한창 클 때인데 배고프면 안 되잖니.
> 비타민은 매일 한 알씩 먹어라.
> 많이 먹고 키 많이 커야 된다.
> 열심히 공부하고 집에 자주 와라, 사랑한다.
>   -엄마.

'사랑한다'는 말과 '엄마', 여전히 서먹하지만 따뜻함이 전해져 왔다.

내가 여기 와서 가장 놀란 것은 말하기 좀 민망하지만 보들보들한 생리대이다. 엄마는 하나원에서 집으로 온 첫날 생리대 봉지를 내밀면서 나한테 말했다.

"이거이 벌써 일 년 전에 사둔 기다. 우리 딸이 생리를 할 텐데, 하는 생각에 준비해 두었지. 이거이 한 번 쓰고 버리는 거다. 다시 빨아서 쓰는 기 아이다."

하나원에서도 이미 써본 적이 있지만 아무리 생각해도 놀라운 물건이다.

"아기들도 일회용 기저귀를 쓰고 나이 드셔서 대소변을

잘 못 가리는 할아버지 할머니들을 위한 어른용 기저귀도 있다. 남쪽에는 별별 희한하고 편한 물건들이 많다. 물만 부으면 먹을 수 있는 라면에다, 전자레인지에 데워서 바로 먹을 수 있는 밥도 있다. 아휴, 낭비가 심한 게 문제다. 한 번 쓰고 버리는 일회용이 너무 많아 아까워서 가슴이 아프다. 점점 더 놀라게 될 기다. 엄마는 여기 온 지 몇 년이 되었는데 지금까지도 놀라고 있다."

첫날 엄마가 했던 말을 떠올리며 나도 계속 놀랄 거라는 생각을 했다.

짐 정리를 끝내고 밖으로 나왔다. 야트막한 언덕에 위치한 채송화학교에서 아래 마을이 보였다. 나무들 사이로 보이는 집들이 별장처럼 근사해 보인다. 나무라곤 없는 북한의 민둥산에 올라섰을 때 보이느니 쪼르르 늘어서 있는 초라한 집들뿐이었는데. 모든 게 달라졌다. 풍경도, 사는 모습도, 쓰는 물건도. 보는 것마다 더 좋지만 내 마음이 완전히 뿌리 내려진 건 아니다. 아직도 어딘가를 떠돌고 있는 듯하다.

천천히 뜰을 돌아다녀봤다. 아직 할 일이 많이 남았다는 교장 선생님 말이 무슨 뜻인지 알 것 같았다. 두 동의 건물과 앞쪽의 운동장은 예쁘게 꾸며져 있으나 뒤쪽은 아직 다듬어야 할 게 많다. 북한에 있을 때 협동농장에서 일했던 실력을 살려 꽃밭도 만들고 채마밭도 만들면 좋겠다는 생각이 들었다.

"언니, 우리랑 같이 살 거야?"

눈망울이 초롱초롱한 여자애가 오더니 나에게 말을 걸었다. 키가 좀 작은 남자아이도 호기심 어린 눈으로 나를 바라봤다. 저녁에 다 같이 인사할 거라고 했는데 아이들이 먼저 다가왔다.

"나는 육 학년 금옥이고 얘는 사 학년 혁수야. 언니는?"

"나는 중학교 이 학년이고 한송이다."

통성명을 하고 나니 갑자기 할 말이 없어졌다. 머뭇거리다 내가 먼저 말했다. 북한에서 온 아이들을 만나면 가장 먼저 묻고 싶었던 말이다.

"남쪽에 살아서 좋나?"

금옥과 혁수는 동시에 고개를 끄덕였다.

"근데 북한의 우리 마을에 가보고 싶어. 친구들도 많이 보고 싶고."

금옥의 말에 혁수가 나도 나도, 라고 했다. 그 말에 갑자기 눈물이 핑 돌아 고개를 돌렸다. 나도 친구들이 보고 싶다. 민숙이, 정희, 순심이, 모두들 내가 갑자기 사라져서 이상하

게 생각할 것이다. 사실 가장 먼저 떠오른 친구는 영식이다. 엄마와 누나가 떠나버려 몸이 아픈 아버지와 둘이 살고 있는 영식이 내가 좋아한 여자들은 다 떠난다, 고 했던 말이 떠올라 가슴이 찌르르했다. 영식이 나에게 준 볼펜을 못 가져온 게 아쉽다. 친구들의 얼굴이 갑자기 회색으로 물드는 느낌이다. 언제 다시 볼 수 있을까.

"학교 다니는 건 어때?"

내 말이 떨어지자마자 둘의 인상이 굳어졌다.

"피곤해. 난 작년에 왔는데, 육 학년 과정을 이미 사 학년 때 다 뗐다는 애들이 많더라구. 영어도 잘하고. 난 아직 모르는 게 너무 많아 언제 따라가나 걱정이야. 중학교 가면 더 어려워질 텐데. 언니는 중학교 다니니 머리가 더 아프겠네."

"오늘 처음 학교 갔는데 뭘 알간. 오늘은 수업도 안 했다. 그렇게 골치 아프나?"

"말도 마. 여기 애들은 다 공부벌레야. 학교만 다니는 게 아니라 학원도 다니고 피아노도 배우고 미술도 배우고 태권도도 배우고. 뭘 그렇게 배우는 게 많은지. 우리 엄마가 그런 학원에 보낼 돈이 없어서 나를 채송화학교로 보낸 거야."

금옥의 말을 들으니 내 머리도 아파왔다.

"혁수는 어때? 몇 학년 때 온 거야?"

"나는 한국에는 이 학년 때 왔고 채송화학교는 작년에 왔는데 공부에 별로 신경 안 써. 이 학년 때 맨날 빵점 맞아서 공부하기 싫어졌어. 엄마 일이 너무 늦게 끝나 나를 돌볼 시간이 없어서 여기 보낸 거야."

안 그래도 적응하기 힘든데 남쪽 아이들이 공부를 굉장히 열심히 한다니 걱정이다. 한숨이 절로 나왔다.

"북한에 있을 때 우리 집 옆에 강이 있었거든. 친구들하고 날마다 거기 가서 놀았던 거 생각나. 공부도 안 하고 좋았는데. 강에서 놀고 싶어."

혁수는 고향이 그리운지 눈을 가늘게 뜨고 하늘을 바라봤다.

"거기서 많이 굶고 좋은 옷도 못 입고 그랬는데 뭐이 거기가 좋아?"

내 말에 혁수가 나는 굶은 적 없는데, 라고 말했다.

"언니, 여기 있는 어린애들은 굶은 기억이 없대. 나만 해도 굶은 적이 많은데. 왜 그럴까 생각해 보니 엄마들이 어린애들은 밥을 챙겨준 거 같아. 아이들은 먹는 양도 얼마 안 되니까 어린애를 먹인 거 같아. 대신 어른들이 굶었겠지."

"어, 너는 분석을 잘한다. 그런 해석도 하고."

내가 칭찬을 하자 금옥이 헤헤 웃었다.

"애들이랑 얘기를 나눠보니까 알겠던데. 우리 엄마가 그러는데 두만강가 마을은 중국이랑 가까워서 들어오는 식량도 있고 남쪽 가족들한테서 돈 받기도 쉬워서 그나마 먹고 산 거래."

엄마도 그렇게 말한 적이 있다.

"그래도 여기가 좋아. 햄버거, 피자, 짜장면, 그런 거 맛있어. 근데 채송화학교에서는 채소를 너무 많이 줘. 유기농채소가 몸에 좋다고 하지만 나는 피자하고 햄버거 먹고 싶은데."

혁수의 말에 금옥이 알밤을 콩 먹였다.

"햄버거랑 피자 같은 거 많이 먹으면 건강에도 안 좋고 살도 쪄. 나는 채소가 좋아. 음, 그래도 양념치킨은 좋아."

엄마가 처음 한국에 와서 여기저기 초대받았을 때 밥상에 고기가 안 올라오면 괜히 화가 났다고 했던 말이 떠올랐다. 북에서 온 사람을 무시해서 비싼 고기를 안 준다고 생각했다는데, 알고 보니 남쪽에서는 유기농채소나 생선을 좋아하는 사람들이 많더라고 했다. 여기 유기농채소가 많다는 얘기를 들으면 엄마가 좋아할 것 같다.

"참, 학교에서 북한말 쓴다고 놀림받지 아이했니?"

"처음에 아이들이 좀 놀렸어. 나보고 연변에서 왔냐고 하면서 내 말도 막 따라 하고. 근데 아이들이랑 맨날 어울리다 보니까 금방 서울말이 되던데."

금옥은 약간 억양이 남아 있긴 하지만 서울말과 비슷했다.

"나는 북한말을 어떻게 하는지 다 까먹었어."

혁수 말에는 북한 말투가 조금도 묻어 있지 않았다.

"언니도 친구들이랑 그냥 막 말해 봐. 그러면 금방 익히게

될 거야. 우리 엄마가 그러는데 우리는 어릴 때 왔기 때문에 남한에 바로 적응했다면서 열심히만 하면 다 잘될 거래."

"맞아 교장 선생님도 그렇게 말씀하셨어."

금옥과 혁수가 재잘거리는 얘기를 들으면서도 고민이 많이 되었다.

저녁에 교장 선생님이 뒤늦게 온 아이들까지 모아놓고 환영회를 해주었다. 혁수와 금옥까지 모두 6명이 모였다. 내일 아이들이 더 올 거라고 했다. 혁수가 그렇게도 좋아한다는 피자에다 금옥이 좋아하는 양념치킨도 있었다. 교장 선생님은 특별 보너스라며 컵에 콜라를 가득 부어주었다.

"이사장님이 우리 친구들에게 유기농채소와 가공하지 않은 육류를 제공하라고 하셨지만 오늘은 환영 파티여서 특별히 먹는 거야. 햄, 피자, 콜라 같은 건 가끔 먹으면 괜찮은데 매일 먹으면 살쪄. 자, 먼저 송이가 동생들한테 인사해. 그리고 모두들 한국에 먼저 온 선배로서 할 말 있으면 하고."

나는 넉 달 전에 왔다는 것과 중학교 2학년이라는 것, 여러 가지로 걱정이 많다는 얘기를 했다. 다들 걱정하지 말라고 말했는데 5학년 준식은 특히 게임에 빠지지 말라고 했다.

"내가 너무 게임에 빠져서 엄마가 여기로 보냈는데, 송이 누나는 여자여서 게임에 관심 없을 수도 있지만 게임의 마력에 빠지면 다른 건 다 하기 싫어지니까 아예 하지 마."

다른 아이들도 맞아 맞아, 하고 맞장구를 쳤다. 교장 선생님이 다시 한 번 주의를 주었다.

"좋은 충고다. 주말에 집에 가서 게임만 하는 친구가 있다는 정보를 들었다. 정말 하고 싶으면 부모님께 허락받고 딱 한 시간만 하도록."

다들 서울말을 유창하게 잘하는데 호야가 진한 북한말로 인사했다.

"내는 여게 온 지 며칠 안 됐슴다. 그래 해줄 말이 없슴다."

초등학교 2학년이라는데 유치원생처럼 키가 작은 데다 얼굴에 버짐까지 피어 있었다. 그러고 보니 북한 아이들 얼굴에 노상 피어 있는 허연 버짐을 여기 와서는 본 적이 없다.

"자, 우리 친구들이 송이를 위해 환영 노래를 불러주는 거 어때? 금옥이가 아코디언 연주를 하고."

금옥의 아코디언 반주에 맞춰 아이들이 북한 노래인 〈반갑습니다〉를 불러주었다. 갑자기 여기가 북한인지 남한인지 헷갈렸다. 혁수가 앞으로 나와서 춤까지 추어 웃음바다가 되었다. 가슴이 따뜻해지면서 마음이 놓였다. 뭔가 할 수 있을 것 같은 용기가 생겼다.

아이들과 방으로 돌아가려는데 교장 선생님이 좀 기다리

라고 했다.

"송이야, 내일 오빠가 한 명 올 거야. 애들이랑은 말이 좀 안 통하겠지만 오빠가 오면 얘기도 나누고 좋을 거야. 김전식은 북한에서 아예 학교를 안 다녔어. 초등학교 과정을 마치고 검정고시를 칠 예정이야. 공부하려고 여기 왔다가 중간에 포기하고 나간 애들이 꽤 있어. 이번에 송이가 열심히 해서 좋은 결과를 보여주면 좋겠다."

교장 선생님 말씀에 고개를 끄덕였다.

"남한과 북한은 같은 언어를 쓰지만 격차가 엄청나기 때문에 북한 사람들이 여기 와서 적응하기가 쉽지 않아. 그래도 중학교 때 온 건 행운이니까 열심히 해."

교장 선생님 말씀에 용기가 났다. 여전히 걱정은 되지만, 엄마처럼 어른이 되어서 오는 것보단 낫다니까.

짹짹거리는 새소리에 눈을 떴다. 6시 30분에 알람을 맞춰 놓았는데 아직 6시였다. 더 자려다가 세면실로 갔다. 엄마가 했던 말이 떠올랐기 때문이다.

"채송화학교는 먹여주고 공부시켜 주면서 돈 한 푼 안 받는단다. 어데서 돈이 나오는지 모르지만 돈을 안 받는다니 고마운 일이다. 우리가 죽을 고생을 하고 남한에 왔으이 남한에서 무조건 잘해 줘야 한다고 생각하는 탈북자들이 많다. 나도 첨에 그렇게 생각했다. 여게 와서 알았지만 북한이 전쟁을 일으켰단다. 그 뒤에도 계속 도발하면서 남한 괴롭히니 남한 사람들 눈에 북한이 곱게 보이겠나. 그러니끼니 고맙게 여기고 송이가 도울 일이 있으면 가서 도와라. 공짜 밥만 먹지 말고."

주방에서는 두 사람이 한창 열심히 일하고 있었다. 어제 본 뚱뚱한 주방장님 말고 날씬하고 예쁜 아줌마가 있었다.

"저, 제가 도울 일이 없을까요?"

두 아줌마가 동시에 돌아봤다. 예쁜 아줌마가 말했다.

"오, 네가 어제 왔다는 한송이니?"

내가 고개를 끄덕이자 예쁜 아줌마가 환하게 웃으며 나를 바라봤다.

"등교 준비하기도 바쁠 텐데 도울 시간 있겠어? 일손이 딸리긴 하다만."

"준비할 거 없슴다. 어젯밤에 책가방 다 싸두었어요."

"그래 기특하구나. 그럼 이 바구니 갖고 뒤쪽 온실에 가서 쌈 채소 가득 뜯어오렴. 그것만 해주면 돼."

바구니를 들고 나오는데 아줌마들이 하는 얘기가 들렸다.

"저런 애는 처음이네요. 아침 일찍 일어나서 일을 도와주겠다니. 아이들은 아침잠이 많은데…….”

"기특하고 든든하네요."

칭찬이 쏟아지니 어깨가 으쓱했다. 초록색과 보라색 채소를 잔뜩 뜯어 수돗가에서 깨끗이 씻었다. 씻은 채소를 어제저녁에 본 것처럼 큰 접시에 소복이 담았다.

"채소를 뜯어만 오라고 했는데 씻어서 진열까지 해놨구나. 아주 눈치가 빠르고 싹싹하구나. 아직 물이 차가울 텐데."

예쁜 아줌마가 내 손을 잡고 문질러주었다. 이 정도 찬물쯤이야 아무것도 아니다. 겨울에 강에서 빨래도 했으니까.

채송화학교 식당은 자기가 먹고 싶은 만큼 덜어 먹는 뷔페 방식이다. 한국에 와서 뷔페식당에 처음 갔을 때 얼마나 놀랐는지 모른다. 가득 쌓아놓은 음식이 아무리 먹어도 줄지 않았다. 우리가 먹고 나면 계속 종업원이 채워 넣는 게 정말 신기했다. 그날 너무 많이 먹어서 배탈이 나긴 했지만 나에겐 특별한 경험이었다. 채송화학교도 음식을 뷔페식당처럼 차려서 풍성한 기분이 들었다. 계란찜, 고등어구이, 도라지오이무침, 김, 제육볶음, 쌈 채소, 김치를 차례대로 늘어놓았다. 뜨거운 미역국은 주방장님이 직접 퍼줄 거라고 했다.

7시가 되자 하나둘 내려오기 시작했다. 교장 선생님도 뒤이어 들어섰다.

"아, 이사장님, 일찍 오셨네요."

교장 선생님이 주방 안에서 일하고 있는 아줌마에게 인사를 했다. 예쁜 아줌마가 이사장님이라니. 내가 깜짝 놀라서 쳐다보자 이사장님이 활짝 웃었다.

"송이가 아주 기특해요. 쌈 채소 뜯어와 씻어서 상도 차리고. 한송이, 고맙다."

이사장님 말씀에 교장 선생님이 엄지손가락을 들어 보이며 눈을 찡긋했다. 엄마가 누구한테든 귀여움받게 행동하라고 한 걸 지켰다. 선한 분위기라는 것도 이제 좀 알 것 같다. 다른 사람을 기분 좋게 만드는 게 그런 걸 거다. 가슴 저 아래서 계속 스멀스멀 좋은 기운이 올라오는 기분이다.

나 하나만을 위한 책

채송화학교에서 말랑말랑해진 마음이 보국중학교에 들어서는 순간 딱딱하게 굳어버렸다. 오늘도 종일 말을 하지 않으리라 굳게 결심했다. 금옥과 혁수는 말을 많이 하라고 했지만 아직 용기가 나지 않는다.

오늘부터는 조례 때 휴대전화를 선생님에게 맡겼다. 아이들이 하는 얘기가 이해 안 될 때 빨리 검색을 해봐야 하는데 걱정이다. 하나원 선생님이 그렇게 하라고 가르쳐주었다. 잘 모르는 인물이 나오면 검색창에 이름을 쳐보라고 했다. 모두가 아는 사람을 모르면 남들이 이상하게 여긴다면서.

처음 한국에 왔을 때 사람들의 말도, 거리의 간판도, 온통 영어투성이여서 머리가 아팠다. 로션, 머그컵, 샤프펜슬같이 일상에서 쓰는 물건에서부터 말할 때마다 튀어나오는 셀프, 이벤트, 다이어트 같은 단어까지 남쪽 사람들은 영어를 아예 한글처럼 사용한다. 아직 모르는 게 너무나 많은데 검색을 할 수 없다니 불안하다.

"너, 악기 뭐 선택할 거야? 개교기념일에 합주대회하잖아. 너 잘 다루는 악기 있니?"

쉬는 시간에 민혁이 나에게 물었다. 나는 속으로 한번 연습한 뒤 말했다.

"아코디언."

"뭐, 아코디언?"

민혁이 고개를 갸우뚱거리더니 나를 유심히 바라봤다. 나는 질문이 더 이어질까 봐 복도로 나갔다. 볼일이 있는 것처럼 3층에 올라갔다가 4층 도서관까지 가봤다. 수업 시작종이 울릴 때 다시 자리로 돌아왔다. 민혁이 헐레벌떡 들어와 앉았다. 종이 가방을 들고 오는 걸 보니 또 누가 선물을 준 모양이다. 왜 선물을 줄까? 남에게 아무 이유도 없이 뭔가를 준다는 게 이해되지 않았다. 어쨌든 짝에게는 조금 더 길게 말할 수 있게 빨리 서울말을 익혀야겠다.

하지만 곧 그런 생각을 할 수 없을 만큼 머리가 복잡해졌다. 북에서 영어를 제대로 배운 적이 없는 데다 원어민 선생님의 발음을 알아들을 수가 없다. 다른 건 한글로 되어 있어 그나마 다행인데 영어는 어떻게 해야 할지 난감하다.

민혁은 쉬는 시간마다 누가 찾아오는 바람에 바빠서 더 이상 나에게 질문하지 않았다. 다행이다. 1학년 때 같은 반 친구가 찾아와 반갑게 달려 나가는 애들이 많았다. 재잘재잘 웅성웅성 떠드는데 나를 찾아오는 친구는 한 명도 없다. 당연한 일이지만. 섭섭하고 쓸쓸하기보다 다행스럽다. 아이들이 나에게 관심을 갖지 않기만 바랄 뿐이다. 나중에 외톨이가 되더라도.

급식시간에도 구석에서 조용히 밥을 먹었다. 햄과 튀김 같은 기름진 것이 있어 조금 걱정되었다. 다행히 콩나물국과 김치가 있었다. 여전히 기름진 음식은 소화가 안 된다. 엄마는 우유를 먹어야 키가 큰다고 했는데 우유만 먹으면 속이 부글거리는 것도 문제다.

6교시를 마치고 청소까지 하고 나자 4시가 되었다. 종례 때 받은 휴대전화를 보니 문방구 다음 골목에서 기다리라는 김수지 선생님의 문자가 들어와 있었다. 교문에서 좀 떨어져 잘 안 보이는 곳이다. 다행이다.

시간이 숨 가쁘게 지나갔다. 북한에서는 학교에서 여섯 시

간 동안 내리 공부만 하는 경우는 별로 없는데. 농장에 가서 작업을 하거나 학교에서 보수공사를 할 때도 있었다. 아예 학교에 안 가고 식량을 구하러 다닌 적도 많았다.

그런데 이제 종일 공부하고 저녁에도 공부를 해야 한다. 너무 다른 남과 북, 갑자기 달라진 나의 환경. 엄마는 이제 여기서 계속 살아야 하니 이겨내는 길밖에 없다고 했다. 보국중학교에서든 채송화학교에서든 열심히 하는 수밖에 없다.

빵빵. 선생님이 차창을 내리고 손을 흔들었다. 내가 올라타자 안전벨트를 매주었다. 선생님이 차창을 끝까지 올렸다. 아직 날씨가 차지만 그냥 창문을 열고 가면 좋겠는데. 서울 사람들은 문을 나서기만 하면 차를 탄다. 자동차가 없는 사람도 버스 타는 데까지, 지하철 타는 데까지 걷는 게 고작이다. 약간 속이 메슥거렸지만 꾹 참았다.

"어때 오늘 정신없었지? 며칠만 지나면 익숙해질 거야. 학기 초여서 다른 애들도 다 같이 정신없어서 잘됐다. 이 학기 때 왔으면 너무 눈에 띄었을 텐데. 애들이 너를 유심히 보거나 그러지 않지?"

"네."

"너무 위축되지 말고 자연스럽게 해. 먼저 다가가지는 못한다 하더라도 다가오는 친구는 밀어내지 말고. 알았지?"

"네."

묻고 싶은 게 많았지만 아직 용기가 나지 않아 대답만 했다. 외곽도로로 접어들어 차가 빨리 달리면서 소음이 커져 더 이상 대화를 나누기 힘들어졌다. 차라리 안심이 되었다.

채송화학교에 도착하자 아이들이 달려 나왔다. 교장 선생님도 함께 나왔다.

"애들아, 인사드려라. 너희들한테 피아노 가르쳐주실 거야. 국어 선생님이니까 모르는 거 있으면 질문도 하고."

교장 선생님 말씀에 아이들이 안녕하세요, 라고 합창을 했다. 모두 함께 음악실로 갔다. 김수지 선생님이 아이들에게 자기소개를 한 뒤 물었다.

"피아노 배워본 사람 손들어봐."

금옥과 진애가 손을 들었다.

"작년 가을학기에 자원봉사자 선생님이 피아노를 가르쳐주셨는데 지방으로 이사 가셨어요."

교장 선생님 설명에 김수지 선생님이 금옥과 진애에게 전에 배우던 곡을 연습하라며 피아노방으로 들여보냈다. 피아노가 들어 있는 작은 방이 세 개나 있었다. 북한의 우리 학교에는 피아노가 한 대도 없는데 채송화학교에 세 대나 있는 걸 보고 깜짝 놀랐다. 피아노를 배우겠다고 자원한 세 명의 아이들을 위해 선생님이 칠판에다 음표를 그린 다음 손바닥으로 박자 연습을 시켰다. 종일 학교에서 친구들을 가르치고 여기 와서 또 아이들을 지도하는 김수지 선생님이 존경스럽다.

"참 고마운 선생님이다. 매일 근무하고, 제자를 데려오시고, 다른 아이들까지 가르쳐주시다니 일석삼조 비슷한 거지. 삶을 참 효율적으로 사시는 멋진 분이야."

교장 선생님이 나를 보며 동의를 구했다. 일석삼조의 뜻을 정확히 모르지만 고개를 끄덕였다. 하루에 세 가지 일을 한다는 뜻인가? 정말 김수지 선생님은 세 가지, 아니 그보다 더 많은 일을 하는 분 같다.

교장 선생님이 나에게 교무실로 따라오라고 했다.

"너는 하루에 한 과목씩 집중적으로 공부하는 게 좋을 것 같다. 초등학생들은 한 과목을 오래 하면 지루해서 못 견디지만 넌 중학생이니 가능하겠지? 선생님들이 일주일에 한 번밖에 못 오시니 어쩔 수 없기도 하고. 한 과목을 몇 시간에 걸쳐 집중적으로 공부하면 성적 향상에 도움이 될 거야."

영어를 통 못 알아들을 때 답답한 걸 생각하면 밤을 새워서라도 공부하고 싶은 마음이다.

"몇 시간씩 한다니 걱정되니? 중간중간 쉴 거니까 걱정 말고. 오늘은 수학 선생님이 오실 거야. 서울대 다니는 민준희 선생님인데, 조금 있으면 오실 거니까 열심히 해. 송이만 지치지 않으면 얼마든지 오래 할 수 있어. 선생님이 여기서 주무시고 아침 일찍 학교로 가니까. 네 방에 책가방 두고 학습실로 와."

인사를 하고 기숙사 내 방으로 가면서 이틀 동안 내가 만난 사람을 세어보다가 깜짝 놀랐다. 보국중학교 선생님들,

우리 반 아이들, 채송화학교 교장 선생님과 주방장님, 이사장님, 채송화학교 아이들, 게다가 오늘은 수학 선생님까지 만나게 된다. 교장 선생님이 계속 서울대학교를 강조하는 걸 보니 굉장히 좋은 학교인가 보다. 평양에 있는 김일성종합대학교처럼. 북한에 있을 때 선생님이 우리들에게 강조했다.

"너희들이 출신 성분이 좋지 않아도 학업 성적이 아주 뛰어나면 김일성종합대학에 갈 수 있다. 그러니끼니 열심히 하라우."

선생님이 그렇게 말했지만 공부하는 아이는 없었다. 그보다는 열심히 할 수 있는 환경이 아니었다. 아이들도 먹을 것과 땔감을 구하러 다니고 농장에 가서 일해야 했다. 할머니는 수령님 살아 계실 적에는 공부를 열심히 해서 평양에 간 대학생이 있다는 소문을 들었다고 했다. 그러면서 나한테도 열심히 하라고 했지만 그럴 형편이 아니었다. 엄마가 떠난 뒤 몸이 자주 아픈 할머니 대신 내가 집안일을 할 때가 많았고, 무엇보다도 공부를 하고 싶은 의욕이 없었다. 우리 옆집의 금순은 엄마가 닦달을 해서 학교에 하루도 빠지지 않고, 수업 마친 뒤 선생님한테 따로 공부를 배운다고 했다.

"금수이 어마이 보면 송이가 걱정된다. 글자 하나라도 더 배와노으믄 나중에라도 좋지. 우리 송이 어마이도 있었이므

송이를 악착같이 갈찼을 낀데. 송이 느그 어마이가 이쪽으로 쫓겨오기 전에 잘살았다 아이가. 그거 몬 잊어가꼬 집 나간 기지만."

"엄마가 어디로 갔는데, 집 나간다꼬 할머이한테 말했나?"

내가 질문을 하면 할머니는 아이다 아이다, 하면서 말을 돌렸다.

엄마는 내가 한국에 오자마자 단단히 당부했다. 여기서는 공부를 열심히 해야 출셋길이 열리니 정신 차리라고.

"엄마는 어릴 때부터 선생님이 되고 싶었댔다. 공화국에서야 뭐 자기 마음대로 할 수가 있나. 그래도 평양 살 때가 좋았는데. 그때 우리 오마니가 선생님이었댔어. 근데 아버지가 반역을 했다며 추방당해서 꿈이고 뭐고 다 없어졌지. 북에서 공부를 많이 한 사람들은 여기 와서도 관련된 일들을 하고 있다. 내가 송이를 한시라도 빨리 데리고 오고 싶었는데, 이제야 오게 되었네. 지금이라도 열심히 하믄 송이가 앞으로 하고 싶은 일을 하면서 살게 될 끼다."

엄마는 북한에서 헐벗고 굶주리며 아무것도 모른 채 사는 게 어쩌면 더 편할지 모른다고 했다. 익숙하지 않은 남한에서 까마득히 앞서 가는 사람들을 따라가기 힘들어 좌절한 사람도 많다며.

"여기선 먹는 건 걱정 안 하고 살지만 열등감 때문에 싫다는 사람들도 있다. 하지만 여기서는 뭐가 진실이고 뭐가 거짓인지는 알 수 있잖나. 북한은 아무것도 못 들으니 못 묵고 못살면서도 거기가 천국인지 알고. 그건 동물이나 다름없는 삶이지. 하기사 여기서는 동물이 더 호강한다. 사람들이 개를 을매나 좋아들 하는지 물고 빨고, 이해가 안 된다. 죽으면 장례도 치러준다."

엄마는 나랑 지낸 한 달 동안 할 말이 굉장히 많은 듯했다. 엄마 얘기를 듣다가 내가 혼란스런 얼굴을 보이면 그제야 입을 다물었다. 말을 중단하고 늘 이렇게 타일렀다.

"엄마가 송이 의견도 듣지 않고 무조건 남쪽으로 오게 했다. 그건 엄마가 볼 때 여게 오는 기 낫다고 생각했기 때문이다. 아직 모든 게 혼란스럽고 힘들겠지만, 지금은 어른들이 이끌어주는 대로 따르는 기 제일이다. 학교에 가면 선생님이 하라는 걸 열심히 하고. 그렇게 하다 보면 길이 보일 기다. 아이들은 적응력이 빠르니 곧 송이가 알아서 하게 될 끼다."

엄마는 아이는 적응력이 빠르니, 라는 말을 입버릇처럼 했다. 힘들지만 엄마 말대로 하기로 했다. 엄마가 원하는 일이고, 또 내가 여기서 어떻게 해야 하는지 모르겠으니 무조건 따라가는 수밖에 없다.

엄마는 학교를 두 군데나 다녀야 하니 많이 필요할 거라며 노트를 한 묶음 사주었다. 그 가운데 하나를 빼서 보조가방에 넣고 학습실로 갔다. 마침 교장 선생님이 여자 선생님과 같이 들어왔다.

"송이야, 인사드려라. 서울대학교에 다니는 민준희 선생님이시다."

민 선생님이 활짝 웃으며 손을 내밀었다. 한국에 오니 모두들 만나기만 하면 손을 잡고 흔든다. 빨리 익숙해져야 한다.

"민 선생님, 그럼 부탁드려요. 수학도 가르치고 숙녀가 되는 법도 가르쳐주세요. 조금 얘기 나누시다가 종 치면 식당으로 오세요."

교장 선생님이 나가자 민 선생님이 가방에서 책을 하나 꺼냈다. 파란색 표지에 아무 글자도 없었다.

"내가 송이를 위해 직접 만든 수학 교본이야. 초등학교 고학년 수학을 요약하고 중학교 일 학년 수학 가운데 중요한 걸 뽑은 거야. 그것만 집중적으로 공부하면 수학은 금방 할 수 있어."

나를 위해 만든 책이라니 놀랍기만 했다. 그러고 보니 교과서와 달리 글자들이 다 달랐다. 한 면만 글자가 있고 한 면은 비어 있었다.

"여기저기서 발췌해서 복사한 거야. 한쪽은 문제 풀라고 비워놓은 거고. 수학은 공식이야. 공식을 외우면서 단계적으로 올라가면 금방 할 수 있어. 족집게 집중과외를 해서 송이 수학 실력을 확 높여줄게."

족집게 집중과외, 딱 집어서 한꺼번에 많이 한다는 뜻이 분명하다. 눈치껏 알아들어야 한다.

"내가 볼 때 송이가 학교에서 성적을 올리려면 수학에 집중해야 돼. 애들이 수학에서 점수차가 나거든. 나중에 대학교 갈 때 아예 수학을 포기하는 애들도 있어. 송이는 수학을 절대 포기하지 마. 그래야 다른 애들을 따라잡을 수 있어. 나만 따라오면 돼. 내가 송이 수학 실력을 확실히 올려줄게. 수학 성적이 바닥인 애들을 두세 달 만에 확 올려놓는 게 내 특기야."

민준희 선생님이 말할 때 나도 모르게 입을 깡 다물었다. 나 하나를 위해 달려온 민 선생님을 생각해서 열심히 하기로 결심했다.

"아참, 이거 우리 인사도 안 하고 공부 얘기만 했네. 내 이름은 민준희, 스물한 살이야. 송이는 북한에서 어떻게 공부

했어?"

"북한에 있을 때 별로 공부를 하지 않았댔어요. 할머니가 자주 아프기도 했지만 집안일 한다는 핑계로 학교에 안 갈 때가 많았어요. 공부해 봐야 아무 소용이 없으니끼니."

민 선생님이 알 만하다는 듯 고개를 끄덕였다.

"그래 무슨 일을 하든 동기가 필요해. 아무 소용이 없는데 의욕이 있을 리 없지. 하지만 이제 꿈을 가져. 그 꿈에 가까이 가려면 공부를 열심히 하는 게 가장 빠른 길이야."

꿈? 잘 때 꾸는 꿈은 아닌 게 분명한데 무슨 꿈을 가지라는 걸까?

"자, 더하기 빼기 곱하기 나누기는 할 줄 알겠지?"

나는 고개를 끄덕였다. 나누기는 솔직히 좀 자신 없지만. 민 선생님은 나누기를 분수로 만들어서 푸는 방법을 가르쳐 주었다. 순식간에 분수와 나누기를 익힐 수 있었다.

"송이 머리 좋은데. 금방 이해를 하네. 열심히 하자. 이건 오늘 공부한 거 복습할 문제야. 백 문제를 이번 주에 다 풀어. 그럼 분수와 나누기 문제는 어디서든 백 점 받을 수 있어. 식사시간까지 십 분 남았네. 그동안이라도 풀어봐. 집중과 전환이 중요해. 십 분 동안 집중하고 밥 먹는 일로 전환하고 다시 공부에 집중하고 이런 식으로. 시간을 효율적으

로 사용하는 버릇을 들여. 학교에서도 잠시 시간이 나면 놀지 말고 집중해. 자투리 시간을 잘 활용해서 친구들을 따라잡아야지. 말하다 보니 이 분 지났네. 자 팔 분간 실시!"

금방 배운 내용이어서 문제를 쉽게 풀 수 있었다. 선생님은 내가 문제 푸는 걸 지켜보면서 좋아, 됐어, 라고 했다. 마치 이랴 이랴 소리를 내면 소가 잘 가듯 선생님의 추임새가 힘이 되었다. 문제를 풀고 있는데 댕그랑댕그랑 종 치는 소리가 들렸다. 저녁식사 시간이다.

"자, 밥 먹으러 가자. 지금까지 하나도 안 틀렸어. 아직은 스피드가 안 나지만 문제 풀이를 많이 하면 빨라질 거야. 문제를 틀리지 않는 것도 중요하지만 시간 안에 다 푸는 것도 중요해. 열 문제 중에 다섯 문제 풀었는데 하나도 안 틀린 것보다 열 개 다 풀었는데 일곱 개 맞은 게 점수가 더 높잖아. 정해진 시간 안에 푸는 게 중요하기 때문에 문제를 많이 풀어보라는 거야. 어때, 수학 공부 해보니까?"

"좀 자신감이 생겼습다. 열심히 하고 싶습다."

민 선생님은 흡족한 미소를 지었다.

"제자가 열심히 하겠다면 나야 기쁘지. 좋아, 식사하러 가자. 밥 먹고 또 달리는 거다."

식당에 가자 교장 선생님이 나에게 아이들과 식사하라고

한 뒤 민 선생님과 함께 다른 탁자로 갔다. 낯선 청년이 일어나서 민 선생님에게 인사를 했다.

"언니, 햄야채볶음 안 먹어? 이거 맛있는데."

내가 다른 탁자로 계속 눈길을 주자 금옥이 말을 걸었다.

"으응, 나는 기름진 거 먹으면 속이 좀 거북해서."

"나도 처음에 그랬는데 자꾸 먹으니까 괜찮아지던데. 처음에는 조금씩 먹다가 양을 늘리면 되는데."

금옥은 언니처럼 자상하게 일러주었다. 김수지 선생님이 아이들과 손을 잡고 들어왔다. 내가 일어나서 인사를 하자 그냥 식사하라는 손짓을 했다.

"언니, 나도 내년에 보국중학교 가서 저 선생님 반에 들어가고 싶다. 우리 교장 선생님하고 사귀면 좋겠다."

금옥은 교장 선생님이 다니던 회사를 그만두고 세계여행하고 돌아와서 책을 낸 작가라고 말해 주었다.

"교장 선생님은 동화도 쓰고 싶으시대. 나중에 주인공을 내 이름으로 써주신댔어."

교장 선생님이 아직 총각이라고 하니 정말 김수지 선생님과 잘될 것 같은 기분이 들었다. 나는 햄과 야채를 볶은 반찬을 가져와서 먹어보았다. 빨리 적응해야 하니까.

무서운 중2처럼 해도 돼

식사를 마치고 먼저 학습실에 가 있었다. 아까 배운 걸 잊어버리기 전에 문제를 풀기 위해. 내가 수학 문제를 푸는 게 신기하기만 하다. 공부를 하고 있는데 민 선생님이 식당에서 본 낯선 청년과 함께 학습실로 들어왔다.

"송이, 공부하는 거야? 좋아, 열심히 하면 아무도 못 당하니까. 인사해. 이 오빠도 북한에서 왔어. 같이 공부하게 될 거야."

"나는 김전식이다. 스물두 살이고. 나는 북에서 학교를 안 다녀서 완전 초보 수준이다. 니처럼 중학교 때 왔으면 좋았을 낀데……."

전식 오빠의 얼굴에 아쉬움이 서렸다.

"어휴, 전식 씨. 그래도 공부하겠다는 용기를 낸 게 어디예요. 열심히 하면 좋은 결과가 있을 겁니다."

민 선생님의 말에 전식 오빠의 얼굴이 빨개졌다. 스물두 살에 초등학교 공부를 하려면 한숨이 나올 거 같다. 전식 오빠를 보니 내 처지가 그나마 다행스러웠다. 내가 문제 푸는 동안 민 선생님이 전식 오빠에게 공부를 가르쳤다. 비슷비슷한 유형이어서 그리 어렵지 않았다. 문제를 계속 풀다 보니 개념이 확실히 이해가 되었다.

"흠, 좋아. 지금까지 한 거 다 맞았어. 한 가지 개념을 완전히 익힌 뒤 문제를 많이 풀면 실력이 단단해져. 분수와 나누기 개념만 확실히 익히면 그다음은 별로 어렵지 않아. 다음 주는 분수를 더 익히고 집합도 공부하자."

민 선생님이 손바닥을 세웠다. 이제 무슨 뜻인지 안다. 하이파이브. 선생님과 손바닥을 딱 소리 나게 마주쳤다.

민 선생님이 잠시 자리를 비우자 오빠가 말을 걸었다. 한국에 온 지 1년 남짓 되었다고 했다.

"내가 공부를 아이 하면 앞으로 평생 막노동 같은 거 하고 살아야 한다. 그래서 공부를 해볼까 해서 왔는데 막막하다."

전식 오빠는 너무 몰라서 걱정이라고 했다. 왜 북한에 있을 때 공부를 안 했는지도 말해 주었다.

"형이 군대 간 사이에 누나가 먼저 탈출했고, 몇 년 뒤에 엄마도 탈출해서 집 안에 아버지하고 나만 있었다. 아버지는 맨날 술을 마시고 나는 집 안에 처박혀서 아무 데도 안 나갔다. 학교에 안 나가도 누가 관심 쓰는 사람도 없었고. 가까운 데 고모네가 살고 있지만 다들 먹고살기 바쁘니. 먹을 게 없어서 굶어 죽을 판에 학교에 나가는 거이 뭐 대수라고."

전식 오빠는 한숨을 푸 쉬었다. 의욕이 하나도 없어 보였다. 나도 그럴 때가 있는데 오빠는 더 심각한 것 같다.

"그런데 어느 날 강만 건너오면 도와줄 중국 사람이 기다리고 있을 거라는 연락이 왔다. 내가 가면 아버지는 어쩌나 걱정됐지만 내가 집에 있어도 아버지한테 도움되는 거도 없고. 고모가 가까이에 있으니 그나마 다행이다. 깜깜한 날, 헤엄쳐서 건넜다. 중국에서 연결이 잘되어서 한국에 와서 누나랑 엄마를 만났지. 다른 사람들은 어렵게 왔던데 나는 중국 사람이 잘 인도해 줘서 쉽게 왔다. 엄마하고 누나가 돈을 많이 써서 그렇게 된 거라 하더라."

쉽게 한국에 와서 별로 고마운 걸 모르는 걸까? 누나와 엄마가 식당에 나가 돈을 벌면서 전식 오빠한테는 아무 일도 안 시킨다고 했다.

"나는 그냥 음식 배달이나 하면 좋겠는데 엄마하고 누나가 나한테 제발 공부하라고 해서 시작하게 된 거이야. 사실 공부하는 거 따분한데, 하나도 모르겠고. 민 선생님은 나보다 한 살 어린 여자가 서울대학교 다니고 딴딴해 보인다야. 남한 여자들 너무 똑똑해 겁난다야. 나는 여게가 좋긴 한데 적응이 안 돼. 경쟁할 용기가 안 나."

전식 오빠의 심정이 이해가 간다. 나도 나보다 목 하나 더 큰 우리 반 아이들을 보면 그런 생각이 드니까.

"그러고 보이 북한 말투가 마이 남아 있네요. 낮에 여기 초등학생들 보니 다들 완전 남한아이 말투드라고요. 나는 학교에서 놀림당할까 봐 반 아이들과 말을 아이 해요."

전식 오빠가 이해가 된다는 듯 고개를 끄덕였다.

"나도 처음에 여기 와서 이 아이들이 어째 북에서 온 아이들이고 했드랬어. 완저이 여기 아이잖아, 말투가. 교장 선생님 말 들어보이 이해가 가드라. 아이들은 금방 익힌대. 심지어 어린아이들은 북한말을 완저이 까묵어 할 줄 모른대. 그만큼 적응력이 빠른 기지. 나는 앞으로도 고치기 힘들 거 같아. 어른이 되어 왔으니. 그런 데다 집에 가서 식구들하고 자꾸 말해서 그런 거도 있을 끼야. 말투도 고치기 힘든데 여게서 어째 살까 싶다."

주변에 북한말 하는 사람이 많으면 당연히 고치기 힘들 것 같다. 나도 낮에 실컷 연습하다 엄마만 돌아오면 북한말로 돌아가곤 했으니까.

"그래도 어떡해요. 오빠 힘내세요."

나보다 더 힘든 오빠를 보니 힘이 되어주고 싶다.

"송이 너는 몇 달 안 됐다믄서도 서울말 잘하네. 북한 억양이 좀 있기는 하지만. 금방 될 거 같으니끼니 너무 걱정 마라야."

전식 오빠의 말에 좀 용기가 났다.

"정말 표시가 별로 안 나나요?"

"그래, 니는 중학생이니까 가능성이 많다. 그러니 열심히 해봐라. 말도 빨리 바꾸고. 근데 우짜냐. 나랑 얘기 하믄 북한 억양이 자꾸 나올 낀데. 내가 서울말을 해야 니도 배울 거인디. 내가 서울말 해볼까, 송이야 저녁 먹었니? 우때 서울말 같지 않니?"

전식 오빠의 말투가 너무 웃겨 웃음이 터졌다. 오랜만에 가슴이 툭 터지게 웃었다. 비록 서울말을 늦게 배운다 해도 오빠랑 대화를 많이 하고 싶다.

"송이는 우째 한국에 오게 됐니. 누구랑 왔니?"

전식 오빠의 질문에 갑자기 웃음이 딱 멈췄다. 오빠도 애기해 주었으니 나도 얘기해야 한다. 떠올리고 싶지 않지만.

"엄마가 육 년 전에 한국에 오셔서 돈을 모아 중국 브로커를 우리 집까지 보냈어요. 그 아저씨랑 깜깜한 밤에 두만강을 건너는데 정말 무서웠어요. 물을 얼마나 많이 먹었는지 몰라요. 나를 한국으로 빨리 올 수 있도록 하기 위해 엄마가 돈을 많이 주었다는데 중국 아저씨는 나를 선교사님 집에 밀어 넣고 도망가버렸어요. 중국에서 라오스로 태국으로 해서 빙빙 돌아 한 석 달 만에 한국에 왔어요. 같이 도망 나온 어른들한테 너무 험한 얘기를 마이 들어서 한국에 정말 올 수 있을까, 걱정이 마이 됐었지요. 중국을 다 벗어나서도 잡혀가는 사람들이 있다 캐서 날마다 가슴이 조마조마했어요. 지금도 자다가 놀라서 벌떡 일어날 때가 있어요."

엄마한테는 거쳤던 여정만 얘기했는데 전식 오빠에게 조금 자세히 털어놓았다. 장면 장면이 생각나서 가슴이 미어질 것 같았다.

"정말 고생 마이 했구나. 그렇게 고생해서 왔으니까 열심히 노력해서 통일되었을 때 송이가 좋은 역할을 해야지."

가슴이 찡했다. 한 번도 생각하지 못한 일인데. 남북한이 통일되었을 때 좋은 역할을 할 수 있도록 준비하기. 뭔가 결의가 새겨지는 것 같다. 전식 오빠의 어깨가 처진 것이 마음에 걸렸다.

민준희 선생님이 나와 같은 방을 쓰기로 했다.
"나 여기 오는 날마다 이 방에서 신세질 거다. 나랑 룸메이트 하는 거 괜찮지?"
내가 못 알아듣자 선생님이 방 친구, 라고 했다. 나는 고개를 크게 끄덕였다.
"한국 사회에 대해 궁금한 거 있으면 무엇이든 물어봐."
선생님이 옷을 훌렁 벗고 잠옷으로 갈아입었다. 내가 당황한 표정을 짓자 민 선생님이 웃으며 말했다.
"어때 여자끼린데. 송이가 너무 수줍어해서 내가 일부러 허물없이 그러는 거야. 송이도 휙휙 벗고 좀 쿵쾅거리고 그래. 무서운 중2처럼 해도 돼. 너는 마치 시집온 새색시처럼 너무 조심스러워."
내가 미소를 짓자 민 선생님이 소리 내서 웃어, 라고 했다. 민 선생님은 먼저 자겠다며 이불을 뒤집어쓰다가 다시 일어났다.
"내 정신 좀 봐. 너 주려고 선물 사왔는데. 내 동생도 중2야. 휴일이면 화장을 하고 난리야. 너도 조금 있으면 아마 화장하고 싶을걸. 그래서 이거 바르라고. 스킨로션 영양크림 바르고 화장하고 싶을 때는 메이크업베이스 이거 꼭 발라. 그다음에 비비크림 바르고. 알았지? 아이펜슬하고 틴트도 있으니까 속눈썹이랑 입술도 그리고. 이거 좋은 거다. 그럼 먼저 잔다. 어제 잠을 못 자서 졸리네."

화장품에 친절하게 1, 2, 3, 4라고 순서까지 적혀 있었다. 고마운 마음에 선생님이 휙 던져놓은 옷과 가방을 잘 정리해놓았다.

오늘 받은 문제를 다 풀기 위해 큰 불은 끄고 책상 위의 불만 켰다. 아직 70문제밖에 풀지 못했다. 피곤했지만 나머지 30문제를 풀었다. 내일은 또 다른 선생님이 오실 텐데 공부를 미루면 안 된다. 통일이 되었을 때 좋은 역할하기, 그러려면 열심히 해야 한다.

씻고 자리에 누우니 아이들과 전식 오빠가 차례로 떠올랐다. 그리고 내가 돌아 돌아 한국에 오던 길도. 중국에서 공안에 쫓기면서 혼비백산하는 사이 미나가 없어진 걸 알고 얼마나 울었던지. 북한을 떠나 남한에 오기까지 일만 생각하면 가슴이 미어질 듯하다. 그래서 되도록 생각하지 않으려고 하는데 그 여정이 선명히 떠올랐다.

아침에 눈을 뜨니 가슴에 돌을 올려놓은 것처럼 답답했

다. 옆 침대를 보니 이미 민 선생님은 가고 없었다. 밤새 악몽에 시달려 머리가 아팠다. 밤에 몇 번이나 깼다가 다시 잠들었는데 눈만 감으면 쫓기던 때가 떠올랐다. 아마 어제 갑자기 여러 사람을 만나 얘기를 나눈 게 부담이 된 듯하다. 하나원에서는 이틀이 멀다 하고 악몽을 꾸었다. 엄마와 함께 지내면서 조금 진정이 되었는데 다시 악몽이 되살아나다니. 쫓기는 꿈을 꾸면 하루 종일 머리가 아프고 의욕이 없다. 밑에서 누가 잡아당기는 것처럼 몸이 축축 처진다. 어느 날 밤 내가 소리를 질러 엄마가 달려와보니 내가 팔을 휘젓다가 몸을 움츠렸다가 하면서 땀을 뻘뻘 흘렸다고 한다.

엄마가 상담 치료 얘기를 꺼냈을 때 고개를 가로저었다. 누군가에게 내가 겪은 일을 털어놓으면 그때 일이 더 선명하게 떠오를 것 같아서였다. 엄마는 가능하면 자기 전에 무서운 책이나 무서운 영화를 보지 말고, 특히 탈출 과정에서 있었던 일을 생각하지 말라고 했다. 편안한 생각, 좋은 생각만 하고 재미있는 프로그램만 보라고 했는데 어제 전식 오빠하고 나누었던 얘기가 밤새 나를 짓누른 모양이다.

악몽에 시달리고 나면 아무 의욕도 나지 않는다. 지구 반대편으로 내 몸이 한없이 가라앉는 느낌이다. 빨리 식당에 가서 일을 돕고 싶은데 몸이 말을 안 듣는다. 그냥 아무도 없는 곳으로 가서 숨어 있고 싶다. 학교도 가기 싫고, 수학 공부도 부질없어 보인다.

눈물이 주르르 흘러내렸다. 할머니와 아버지는 어떻게 지내실까? 제대로 먹을 것도 없을 텐데. 나는 여기서 잘 먹고 살찔까 봐 걱정하는데 도대체 북한 사람들은 왜 그렇게 살아야 하는 걸까. 마구 소리 지르고 싶다. 동갑인 다른 아줌마들보다 훨씬 나이 들어 보이는 엄마를 생각하니 또 눈물이 난다. 나를 위해 고생하는 엄마에게 아직도 마음을 완전히 열지 못하는 내가 밉기만 하다. 그간 눌러놓았던 것들이 올올이 일어났다. 침대에 엎드려 엉엉 소리 내어 울었다. 김수지 선생님이 밀어주고, 민준희 선생님까지 힘을 주는데 갑자기 마음이 왜 이럴까. 아래로 한없이 고꾸라지는 느낌이다.

"너무 마음이 괴로우면 이 약을 한 알씩 먹어."

죽고 싶은 마음이 자꾸만 들어 엄마가 챙겨준 약을 먹었다. 약을 먹으니 나도 모르게 잠이 왔다.

똑똑 똑똑······.

아주 멀리서 작은 소리가 들렸다. 누군가가 내 방문을 두드리는데 몸이 움직여지지 않는다. 벌컥 문이 열리고 누가 들어왔다.

"송이야, 송이야. 애가 왜 이래······."

가늘게 눈을 뜨니 교장 선생님이었다.

"송이야, 나 알아보겠어? 어디 아파?"

나는 고개를 좌우로 흔들었다. 약 기운이 퍼져서 그럴 것이다. 엄마가 준 약을 먹으면 잠이 오고 한잠 자고 나면 좀 괜찮아지는데 내가 좀 많이 잔 것 같다. 일어나 앉자 교장 선생님이 그제야 안심한 표정을 지었다.

"어제는 일찍 나와서 주방 일을 돕더니 오늘은 어떻게 된 거야. 애들 학교 보내고 보니까 주방장님이 네가 안 보인다고 하잖아. 너는 중학생이라 혼자 잘한다고 생각해서 안 챙겼더니. 무서운 꿈꿨니?"

"네, 기분이 안 좋아서 약을 먹었더니."

선생님이 다탁에 있는 약을 보더니 뭔가 짚이는 데가 있다는 듯한 표정을 지었다.

"엄마가 말씀하시더라. 송이가 예민한 나이라 아직 안정이 안 되었다고. 오늘은 학교 가지 말고 그냥 쉴래? 내가 김수지 선생님께 전화드릴게. 일단 더 자고 기운이 나면 교장실로 와라."

나는 힘없이 고개를 끄덕였다.

얼마를 더 잤을까. 한참 만에 일어나니 배가 고팠다. 벌써 오후 1시였다. 점심식사 시간이 끝났을 것 같다. 세수를 하고 식당에 가니 주방장님 혼자 식사하고 있었다.

"송이야, 어서 와라. 배고프지. 나랑 같이 먹자. 김치찌개 먹어볼래? 굵은 멸치만 넣고 끓인 거야. 난 돼지고기 안 넣은 걸 좋아하는데 애들은 다들 고기를 좋아해서 따로 끓였지."

"저도 돼지고기 안 좋아해요. 사실은 아직 기름진 거 먹으면 소화가 안 돼요."

국물을 먹어보니 매콤하면서 시원했다.

"맛있어요. 주방장님 음식 솜씨 최고예요."

"너는 어른 입맛이네. 뭐 먹고 싶은 거 있을 때마다 얘기해. 내가 해줄 테니까."

주방장님이 온화한 미소를 지었다. 맛있는 걸 먹으니 기분이 한결 나아졌다. 앞으로 또 그러면 안 되는데, 아직은 이겨내기가 힘들다.

바람도 쐴 겸 벤치에 앉아 있자니 띠링 문자가 들어왔다.

> 너 오늘 왜 학교 안 왔어?
> 짝이 안 오니까 외롭잖아. 내일 꼭 와.

민혁이었다. 내 번호를 알려준 적이 없는데 어떻게 알았을까? 아무래도 김수지 선생님한테 물어본 것 같다.

> 몸이 좀 아파서. 내일은 갈 거야.

고마워, 라고 쓰고 싶었지만 좀 간지러웠다. 금방 답장이 왔다.

> 지못미ㅠㅠ 넘사벽 보냄.

지못미? 지못미가 무슨 뜻이지? 검색을 해보니 '지켜주지 못해 미안해'의 준말이다. 넘사벽은 넘지 못할 사차원의 벽, 대단한 아이라는 뜻이다. 지못미, 넘사벽. 이런 신조어까지 익혀야 하니 산 너머 산이다. 그나저나 지켜주지 못해 미안하다니, 왜 민혁이 나를 지켜줘야 한다는 걸까? 어쨌든 특별한 기분이 들긴 했다.

"뭐 하니? 좀 괜찮아?"

교장 선생님이 저학년 아이들과 함께 걸어오고 있었다. 내가 고개를 끄덕이자 교장 선생님이 나를 교장실로 데려갔다.

"아까 송이 엄마하고 통화했어. 송이가 가끔 악몽에 시달린다고 하시더라. 어른들은 의지를 갖고 탈북하고 아이들은 아직 철이 없으니까 갈등이 별로 없는데, 민감한 나이의 청소년 시기에 자기 의지와 상관없이 너무나 다른 세상에 왔으니 당연히 충격이 크겠지. 모든 게 달라졌으니까. 나중에 시간 나면 엄마랑 상담소 박사님을 뵈러 가. 박사님이 시간 날 때면 여기 오시는데 요즘 바빠서 시간 내기가 힘드시대. 대신 박사님 상담소로 가면 상담해 주시기로 했어. 박사님과 상담을 하면 마음이 많이 안정될 거야."

나는 고개를 끄덕였다. 너무 많은 분들이 나를 위해 시간을 내준다니 고맙기만 하다.

"저는 해드릴 게 없는데, 계속 받기만 하네요."

교장 선생님의 진지한 표정이 금세 장난스런 표정으로 바뀌었다.

"송이 존재 자체가 선물이지. 이런 예쁜 소녀가 자유의 품에 안겼으니 멋진 숙녀로 키워야지. 너 나중에 대학교 가면 한송이 당장 내려와서 애들 가르쳐, 이러면서 막 괴롭힐 거니까 그때 빚 갚을 생각해."

빚을 갚으라니, 깜짝 놀랐다. 지금은 돈을 안 받지만 나중에 받겠다는 뜻인가?

"이사장님도 그런 꿈을 꾸고 계셔. 여기서 자란 아이들이 나중에 자발적으로 와서 다른 아이들을 가르치면 좋겠다고. 걱정 마. 절대 강요하는 건 아니니까. 여기서 먹고 자고 공부하는 것에 대해 아무런 조건도 없어. 우리는 그저 너희들이 우리 사회에 잘 적응하길 바랄 뿐이야. 혹시 고마운 생각이 든다면 나중에 다른 아이를 도와주면 돼."

그제야 교장 선생님 말씀이 이해되었다. 나중에 여기 와서 아이들을 가르치면 정말 좋을 듯하다. 그런 생각을 하니 힘이 났다. 하지만 난 이제 겨우 학교에 이틀 나간 중학교 2학년이다. 이틀 만에 결석을 하다니. 마음을 단단히 먹고 열심히 해야겠다는 각오를 다졌다.

나를 웃게 하는 내 친구 미소

하루 결석했는데 학교가 낯설다. 이틀밖에 안 다녀 익숙할 새가 없었으니 낯선 게 당연하지만. 피, 웃음이 나왔다.

"어, 다 나았니? 개학 이틀 만에 결석하다니 기록이야."

민혁이 자리에 앉으면서 말을 걸었다. 나에게 문자까지 보내준 게 고마워 대답 대신 살짝 웃어주었다.

"어, 웃을 줄도 아네. 여전히 말은 안 하시겠다? 연예인도 아니면서 신비주의 작전 쓰냐?"

신비주의는 지난번에 검색해 봐서 안다. 내가 말을 안 하는 건 신비주의가 아니라 놀림 방지용이야, 나는 속으로 말했다.

"문자 답장은 잘하는 거 보니까 너도 대화는 원한다는 건데, 뭔가 사정이 있어 지금은 말을 안 하는 거 맞지?"

내가 가만히 있자 민혁이 내 얼굴을 빤히 들여다봤다.

"알았어. 앞으로 할 말 있을 때 문자로 할게. 학교에서는 휴대전화 못 쓰니까 방과 후에. 좋으면 고개 끄덕여봐."

내가 까닥 고개를 흔들었다. 이렇게까지 성의를 보이는데 내가 가만히 있는 건 너무한 거니까.

"대신 너도 나한테 하고 싶은 말 있으면 문자 보내. 그래야 공평하지."

"응."

"어휴, 아주 단답만 하겠다? 넌 참 경제적이어서 좋겠다. 어디 가서도 손해는 안 볼 듯."

민혁과 대화할 때 미소가 휙 돌아봤다. 눈빛이 너무 강렬해 몸이 움찔했다. 차라리 나랑 자리를 바꾸면 좋을 듯한데 우리 마음대로 바꿀 수가 없다. 미소 짝 송진우가 민혁처럼 배려심이 있는지 어쩐지 몰라 나도 내키지 않는다.

민혁이 복도로 나가자 미소가 돌아앉았다.

"민혁이가 굉장히 잘해 주네. 민혁이가 우리 학교 최고의 킹카인 거 아니? 곧 아이돌 되실 연습생이시다. 그나마 네가 살랑살랑 꼬리치는 건 아니어서 다행이야. 만약 민혁이한테 꼬리 치면 무사하지 못할 거다."

민혁이 교실로 들어오는 걸 보자 미소가 돌아앉더니 밖으로 나갔다.

"쟤가 너한테 뭐라고 했냐?"

내가 고개를 좌우로 흔들자 자리에 앉으며 작은 소리로 말했다.

"피곤해. 내가 겨울방학 때 엘케이 연습생이었던 걸 알고 곧 데뷔라도 할 것처럼 다들 관심 과잉이야."

연습생? 데뷔? 엘케이는 뭘까.

"엘케이가 뭔데?"

"핫. 말했어. 근데 너 엘케이 몰라? 우리나라 연예기획사 중에 베스트 파이브 안에 드는데. 엘케이를 모르다니 혹시 간첩 아냐?"

가슴이 쿵 떨어졌다.

"하여간 특이한 애야. 어느 산골에서 살다 왔는지 모르지만 엘케이를 모르는 건 정말 너무했어. 근데 나는 어쩔까 싶어. 길거리 캐스팅으로 하늘의 별따기라는 엘케이 연습생이 됐지만 종일 춤 연습에 노래 연습에……. 그걸 몇 년이나 해야 한다니. 그러기엔 나는 공부를 너무 잘한단 말이야. 그리고 연예인 되면 사생활이 다 없어지고 가족들까지도 노출이 되는 거라 생각 중이야."

그렇게 말하는 민혁의 얼굴이 좀 쓸쓸해 보였다. 민혁도 다 노출하면 안 되는 뭔가가 있는 건가? 하긴 자신뿐만 아니라 가족들의 사생활까지 다 드러낸다는 건 누구나 께름칙할 테니까. 복도에서 들어오던 미소가 멈춰 서서 나를 째려봤다. 미소에게 나는 다른 데 신경 쓸 겨를이 없는 애야, 그러니 걱정 마, 라고 또박또박 서울말로 전할 수 있도록 빨리 연습해야겠다.

5교시 음악시간에 선생님이 민혁에게 엘케이에서 연습 잘 하고 있는지 물어봤다. 아이들이 일시에 민혁을 바라봤다.

"일단 학기 중에는 공부하고 여름방학 때 계속할 건지 말 건지 생각해 보려구요."

"요즘 아이돌 그룹이 대세니까 선생님들도 관심이 많아. 엘케이가 스타 제조기라는 별명이 붙은 기획사여서 민혁이도 거기서 몇 년 연습하면 한류 스타가 될 수 있을 테니."

여자애들이 와와, 라며 감탄을 했다. 나는 캐스팅, 스타 이런 단어가 걸려서 답답했다.

"좋은 기회지만 적성과 맞지 않으면 과감히 그만두는 것도 용기지. 아무리 좋은 일이라도 자신과 맞지 않으면 성과

가 나지 않으니까. 내가 뭘 가장 잘하는가, 그걸 빨리 깨닫는 게 중요해. 사람은 태어날 때 누구나 잘하는 걸 하나씩 선물받았거든. 그걸 계발하는 게 성공하는 길이지. 하하, 음악시간이 아니라 무슨 상담시간 같다."

선생님 말씀에 아이들이 와하하 웃었다. 선생님의 피아노 반주에 맞춰 노래를 배울 때 내가 잘하는 게 뭘까 생각해 봤다. 지금까지 내가 잘한다고 칭찬받은 건 아코디언 연주뿐이다. 북한에 있을 때 학교에 있는 아코디언으로 연습을 하는데 내가 빨리 익히자 선생님이 나중에 예술선전대하면 되겠다고 했다. 아코디언을 갖고 싶다. 엄마와 더 친해지고, 우리 집안 사정이 나아지면 하나 사달라고 해볼까. 검색을 해봤는데 너무 비싸서 걱정이다.

"개교기념일에 반 대항 합주대회하는 것 기억하고 있지? 꼭 비싼 악기, 어려운 악기를 연주하라는 건 아냐. 캐스터네츠, 탬버린, 트라이앵글도 악기니까 한 사람도 빠짐없이 참가하도록. 협동의식을 기르기 위한 거니까."

모두들 네, 하고 대답했다. 아코디언만 있다면 나도 참여할 수 있을 텐데. 악기가 없다는 게 아쉽다. 채송화학교에 있는 걸 빌려주면 좋을 텐데.

"너는 무슨 악기 연주할 거야? 나는 바이올린 할 거야. 어릴 때부터 연주한 거야. 참 너 아코디언 잘한다고 했지? 그거 한국에서는 잘 안 하는 건데, 그거 북한 사람들이 많이 하던데, 넌 어떻게 아코디언을 익히게 됐어?"

교실로 돌아오다가 민혁의 질문을 받고 가슴이 툭 떨어졌다. 남한에서는 아코디언 연주를 잘 안 한다는 걸 처음 알았다. 하긴 대부분 일이 처음 접하는 거지만. 나는 대답하지 않고 빨리 걸었다.

"민혁아, 민혁아."

여자애들이 부르는 소리가 났다. 나는 민혁이 뒤돌아보는 사이 재빨리 교실로 돌아와서 가방을 쌌다. 오늘은 5교시가 끝이다. 4시까지 시간이 있으니 종례하고 빨리 도서관으로 가야겠다. 도서관에서 이어폰으로 드라마 다시보기를 하면서 속으로 서울말 익히기를 해야겠다. 계속 말을 하지 않으면 아이들이 나를 더 의심할 테고, 나도 답답하니까.

휴대전화에 김수지 선생님으로부터 4시 10분까지 약속 장소로 갈 테니 기다리라는 문자가 들어

와 있었다. 교무실로 돌아가는 선생님의 뒷모습을 보며 꾸벅 인사를 했다.

"너는 선생님이 안 보시는 데도 인사를 하네."

미소였다. 갑자기 웃으며 다가오니 이상했다.

"한송이, 같이 가자. 작전을 바꿨어. 내가 민혁이랑 친하게 지내려면 짝인 너랑 먼저 친해 두는 게 좋을 것 같아."

환하게 웃는 미소에게 어정쩡한 표정으로 답했다.

"나는 네 시까지 학교에 있어야 된다."

"같이 있어줄게. 기사 아저씨한테 늦게 오라면 되니까."

같이 있어주겠다는데 싫다고 할 수가 없어 난감했다. 다행인 건 내가 제법 말을 길게 했는데 미소가 눈치 채지 못한 일이다. 내 말투가 이상하지 않다는 건가? 짧은 문장은 괜찮은데 길게 얘기하면 표시가 나니 문제다. 내가 일어나자 미소가 따라 나왔다.

"어디 가니. 같이 있자니까."

"도서관 가야 돼."

"그래? 나도 가야지. 너 굉장하다. 공부하기도 지겨운데 책까지 읽다니. 아이들하고 말도 잘 안 하던데 머릿속으로 공부만 생각하는 거야? 나는 공부가 지겨운데."

정말 귀찮은 애다. 아까는 싸울 듯이 째려보더니 이제는 친한 척하며 계속 말을 건다.

"요즘 읽은 책 중에 재미있는 거 있어? 나는 글자 많은 건 질색이니까 만화나 봐야지."

미소가 내 대답을 기다리지 않고 스스로 답했다. 다행이다. 하지만 금방 질문을 했다.

"송이야. 민혁인 뭘 좋아하는 거 같아? 내일 선물하려고."

"몰라."

"하긴 개학한 지 며칠 안 됐는데 어떻게 알겠어. 그럼 민혁이한테 뭐 좋아하는지 물어봐 줄래?"

미소는 간절한 표정으로 나를 바라봤다. 미소를 보니 한심하기도 하고 부럽기도 했다. 어쨌든 나의 이름을 불러주고 나에게 말을 걸어준 미소를 위해 물어봐 주기로 했다. 나에게 친구가 생긴 느낌이다. 남한에 와서 처음으로 생긴 친구.

4층 계단을 오르는데 문자가 들어왔다.

> 오늘 선생님들이 회의하고 저녁식사를 함께하기로 했어.
> 오늘은 송이 혼자 가야겠다. 조심해서 가.

내가 계단에 멈춰 서서 문자를 읽자 미소는 민혁한테서 온 거냐며 안달이었다.

"나 집에 갈래."

"왜, 엄마가 빨리 오래? 나랑 더 놀다 가면 안 돼? 우리 집에 갈래? 우리 엄마 밤늦게 온단 말이야. 나 혼자 너무 심심해. 우리 집에 가면 안 돼?"

미소가 울상을 지었다. 남의 집에 한 번도 안 가봐서 궁금하기도 했다. 말을 많이 하게 될까 봐 걱정됐지만 용기를 내기로 했다. 내가 고개를 끄덕이자 미소가 어디론가 전화를 하더니 나가자고 했다.

"기사 아저씨한테 빨리 오라고 했어. 이따가 너희 집에도 데려다줄게."

교문 앞에 검은 승용차가 서 있었다. 우리가 다가가자 아저씨가 뒷문을 열어주었다.

"우리 엄마는 절대 나 혼자 못 돌아다니게 해. 나쁜 애들하고 어울릴까 봐. 집하고 학교는 매일 기사 아저씨가 차로 데려다주고 집으로 과외 선생님이 오니까 친구 사귈 틈이 없어. 애들은 아이돌 그룹 콘서트에 가는데 나는 한 번도 못 가봤어. 엄마가 못 가게 해. 민혁이가 가수 되면 꼭 가볼 거야."

미소는 끊임없이 혼자 조잘조잘 떠들었다. 딱히 내 대답을 원하지 않아 다행이다.

엄청나게 큰 철문이 지잉 소리를 내며 열려 깜짝 놀랐다. 마당 안으로 자동차가 들어가서 멈춰 섰다. 내릴 때도 아저씨가 문을 열어주었다. 넓은 잔디밭에 하얀 탁자와 의자가 있고 높은 담 아래로는 큰 나무가 몇 그루 서 있었다. 집 안으로 들어가서는 더 놀랐다. 내가 사는 임대 아파트는 작은 방 두 개에 주방 겸 거실, 화장실 하나가 전부인데 우리 아파트 전체 면적보다 미소네 거실이 더 넓었다. 미소는 2층을 혼자 다 쓰고 있었다. 내가 푹신한 침대 하나로 우리 집에서 행복을 만끽하는데 미소는 공부방과 옷방, 침실까지 혼자 세 개의 공간을 사용한다.

"과외는 다음 주부터 하기로 했어. 오늘은 실컷 놀아도 돼. 우리 공주놀이할까? 옷방에 가면 영화나 만화, 게임 캐릭터 옷이 다 있어. 꼬마들이 〈겨울왕국〉 싸구려 엘사 드레스 입고 다니는 거 보니까 웃기더라. 나는 완전 최고급으로 샀어. 엘사 꺼랑 안나 꺼. 우리 그거 입어볼래?"

미소는 내 손을 끌고 옷방으로 가서 드레스를 꺼냈다. 눈이 휘둥그레질 정도로 예쁜 드레스였다.

"너 엘사 입을래, 안나 입을래?"

엘사가 누군지, 안나가 누군지 모르지만 드레스는 정말 예뻤다.

"내 취미가 코스프레야. 내가 성적이 오를 때마다 엄마가 캐릭터 옷을 사게 해주셔. 너는 어떤 만화 주인공이 좋아?

여기 다 있어. 말만 해."

미소가 내 얼굴을 빤히 봤다. 가슴이 쿵 떨어졌다. 아는 게 하나도 없어 얼버무렸다.

"그냥 어울리는 걸로."

"그래 찾아볼게. 오늘은 〈겨울왕국〉 엘사 공주로. 나는 백설 공주 코스프레 할래."

우리는 드레스를 입고 넓은 거실로 나갔다.

"공주님, 오늘 저녁은 뭘로 해드릴까? 먹고 싶은 거 있어?"

주방에 있던 아줌마가 웃으며 말했다.

"아줌마 해물파스타 먹고 싶어요. 토마토 듬뿍 넣어서. 너는 뭐 먹고 싶어?"

"나도 그거."

해물파스타를 먹어보지 않았지만, 일단 고기가 아니니 배탈이 나진 않을 것 같다. 미소와 함께 다시 옷방에 가서 섹시 교복, 메이드복, 간호사 가운, 여자 경찰복을 입어보았다.

"이거 입고 밖에도 나가봤나?"

"아니, 아직 밖에는 안 나가봤어. 코스프레 축제할 때 딱 한 번 가봤는데, 엄마가 못 나가게 해. 대신 내가 사달라는 건 다 사주고."

"왜 이런 걸 입나?"

"간호사가 되면 어떨까. 그런 생각할 때 간호사복을 입으면 실감이 나잖아. 메이드복 입고 있으면 큰 성에 사는 멋진 왕자님을 돕는 하녀 기분도 들고. 섹시 교복 입고 학교 가면 좋을 텐데. 허리가 살짝살짝 보이고 엉덩이도 보이는 교복 입고 학교 가면 애들이 뒤집어질 거야. 민혁인 뭐라고 할까?"

나는 멍한 표정으로 미소의 얘기를 들었다. 단지 집에서 놀이를 하기 위해 이렇게 많은 옷을 사다니. 엄마가 한국에 엄청난 부자가 많다고 했을 때 실감이 안 났는데 진짜 그런 애가 나타났다.

"미소야, 파스타 다 됐어. 친구랑 같이 내려와."

아줌마가 큰 목소리로 우리를 불렀다.

"아줌마가 입고 있는 것도 메이드복이네."

"응, 내가 사줬어. 아줌마도 좋대. 공식적인 느낌이 든다면서."

"참, 대단하다야. 놀랐다야."

"근데 너 어디서 살다 왔어? 서울말 같지 않고, 연변애 같기도 하고. 경상도 말인가?"

미소 말에 가슴이 뜨끔했다. 너무 무방비로 말을 많이 했다. 조심해야겠다. 미소는 다행히 내 대답을 듣지 않고 내 손을 끌었다. 미소는 섹시 교복, 나는 여자 경찰복을 입은 채

주방으로 갔다. 아줌마가 우리를 보고 빙그레 웃었다.

"섹시한 학생과 경찰이네. 자, 여기 샐러드랑 같이 먹어."

미소가 포크로 면을 돌돌 말아서 먹는 걸 보고 나도 따라 했는데 잘되지 않았다. 후추 냄새가 많이 났지만 맛있었다.

"마늘빵도 찍어 먹어. 이거 간장 아니고 올리브유에 발사믹 식초 섞은 거야."

미소처럼 빵을 찢어서 발사믹 식초에 찍어 먹었다. 처음 먹어보는 게 많은데 배탈이 나지 않기만 바랄 뿐이다. 미소는 아줌마에게 블루베리와 우유를 갈아달라고 했다. 우유를 먹으면 배가 부글부글 하지만 오늘은 다 도전해 봐야겠다. 블루베리주스를 마시고 있는데 선글라스를 낀 멋쟁이 아줌마가 들어왔다.

"엄마, 오늘 일찍 왔네?"

나는 일어나서 미소 엄마에게 인사를 했다.

"아냐, 잠깐 들어온 거야. 저녁 모임에 갖고 갈 게 있어서. 너는 누구니?"

"아, 우리 반 친구야. 한송이."

미소 엄마는 선글라스를 벗고 나를 아래위로 훑어보았다.

"너는 집이 어디니?"

내가 채 대답을 하기도 전에 미소 엄마가 약간 인상을 찌푸렸다.

"아빠는 뭐 하시니?"

뭐라고 해야 할지 몰라 우물쭈물하는 사이 미소 엄마가 팔짱을 끼고 나를 노려봤다.

"엄마는 텔레비전에 나와선 프라이버시를 존중해야 한다, 아이들도 인격이 있다, 그렇게 말하면서 실생활에서는 왜 실천을 안 하는 거야?"

미소가 짜증을 냈지만 미소 엄마는 아랑곳하지 않았다.

"혹시 엄마랑 둘이 사니?"

내가 그제야 고개를 끄덕이자 미소 엄마가 야릇한 미소를 지었다.

"아빠가 실직해서 이혼하고 엄마가 너랑 둘이 사는구나. 엄마는 식당에 나가고?"

내가 또 고개를 끄덕이자 미소가 소리 질렀다.

"와, 대박, 엄마 완전 탐정이네. 어쨌든 엄마는 참견 말고 빨리 나가봐. 뭐 갖고 간다며."

"미소야, 엄마가 뭐랬어. 친구 가려서 사귀라고 했지? 부모가 뭐 하는지, 어디 사는지 확실히 알고 사귀라고. 그리고 당장 그 옷 벗어. 너도 가서 교복 갈아입고 가방 갖고 나와. 기사 아저씨가 너희 집까지 데려다줄 거니까."

"엄마, 이번 주는 놀게 해준댔잖아. 오늘은 좀 놀 거야. 엄마가 애도 안 된다 재도 안 된다 해서 친구가 없단 말이야."

"시끄러. 너 말 안 들으면 아무것도 안 사줄 거야."

미소 엄마가 꽥 소리를 질렀다. 미소는 엄마가 큰소리를 치자 꼼짝도 못 했다. 옷방에서 교복으로 갈아입을 때 미소가 미안하다고 했다.

"울 엄마는 외할아버지가 설립한 화문대학의 교수야. 엄마네 집이 엄청 부자고 아빠는 가난했는데 엄마가 아빠한테 완전 반해서 결혼했대. 아빠가 지금 화문대학교 이사장이야. 지금도 울 엄마는 아빠를 완전 좋아해. 나도 엄마처럼 미남이 좋아. 그래서 민혁이가 좋아."

미소는 생글생글 웃으며 열심히 설명했다.

"울 엄마는 TV에 종종 나와 좋은 말을 잔뜩 하면서 나한테는 순 억지야. 내가 아빠한테 일러주면 아빠가 엄마 타이를 거야. 그러면 엄마가 네네, 알았어요, 하면서 다 들어. 그러니까 걱정 말고 다음에 또 놀러 와. 송이야, 나는 너네 부모님이 이혼하고 니가 엄마랑 둘이 살고 그런 거 아무 상관없어. 친하게 지내자."

"고마워. 재미있게 놀았어. 파스타도 맛있었어."

"와, 진짜 쿨하다. 송이야, 고마워."

진심으로 미소가 고마웠다. 까다로운 엄마가 있음에도 나를 초대해 준 것이. 하지만 앞으로 좀 조심해야 할 것 같다. 내 말투가 이상하다는 걸 눈치 챈 데다 미소 엄마가 나에 대해 확인할 것 같아서.

뿌리 내린 곳에서 활짝 꽃피어라

 미소네 자가용을 타고 채송화학교로 들어가는 입구에서 내렸다. 어둑어둑해지고 있었다. 기사 아저씨가 집이 좀 멀구나, 라며 걱정해 주었다. 내가 북한에서 왔고 채송화학교 기숙사에서 산다는 것까지 알았더라면 미소 엄마는 기절했을지도 모른다. 아저씨에게 인사하고 채송화학교로 향하는데 마음이 무거웠다. 내가 하나하나 드러날 때마다 사람들은 실망할 게 분명하다. 엄마도 나한테 그랬다. 구태여 먼저 나 자신을 드러내지 말라고.
 "엄마가 니한테 이런 말을 하는 건 미안한데, 어차피 여기 왔으니 사람들에 대해서 알아야 한다. 사람들이 니한테 편견

을 갖지 않도록 할라카믄 니가 실력을 쌓는 수밖에 없다. 사람들이 공격을 해도 니가 가진 게 있으면 기가 안 죽는다. 그러니끼니 니도 자랑할 수 있는 무기를 만들어야 한다."

엄마는 이런 말 하는 건 미안한데, 라고 하면서 많은 말을 했다. 그런데 그 미리 일러준 말 가운데 친구 엄마가 무시할 거라는 얘기는 들어 있지 않았다. 내가 이렇게 빨리 부자 친구 집에 놀러 갈 거라곤 생각지 못했을 테니. 얼마나 험난한 길이 기다리고 있을까. 전화가 울렸다.

"너 어디니? 몇 번이나 전화했는데 안 받고. 오늘 김수지 선생님이 못 오시고 너 혼자 온다는 연락받았어. 기다리다가 잠깐 시장에 다녀왔는데 아직도 안 와서 깜짝 놀랐다."

교장 선생님은 내가 채송화학교 들어가는 초입이라고 하자 마중 나오겠다고 했다. 괜찮다고 하려는데 전화가 끊겼다. 갑자기 맥이 탁 풀리는 기분이다. 미소 엄마의 날선 목소리가 내내 따라오는 것 같았는데 푸근한 교장 선생님의 목소리에 마음이 놓였다. 교장 선생님이 뛰어오고 있었다.

"왜 이렇게 힘이 없어. 무슨 일 있었니?"

"아니야요."

"송이야, 뭐든 얘기해. 궁금한 건 다 물어보고. 그래야 빨리 적응하지. 문제를 꽁꽁 감춰두고 혼자 속 끓이면 마음이 점점 무거워져."

교장 선생님 말씀이 맞다. 오늘 미소 집에 간 것과 미소 엄마 만난 것, 엄청나게 잘사는 미소네에 대한 생각을 말했다.

"짧은 시간에 여러 가지를 경험했구나. 송이가 이해하기 힘든 일이 앞으로도 계속 일어날 거야."

교장 선생님은 엄마들이 자녀가 좋은 대학에 가길 원한다고 했다. 미소 엄마도 미소가 비슷한 환경의 아이들을 만나고 열심히 공부해서 좋은 대학에 가길 바라는 마음일 거라고 했다.

"미소네 집이 어마어마해요. 무슨 궁전같이 커요. 미소는 이층 전체를 혼자 써요. 방 세 개를. 놀랐어요."

"음, 좀 어려운 말이지만 앞으로 송이는 '상대적 박탈감'을 갖지 않도록 노력해. 어릴 때는 행복했는데 점점 자라면서 친구들과 비교하다가 자신이 불행하다고 생각하는 경우가 있어. 환경이 달라지지 않았는데도 말이지. 나보다 훨씬 좋은 거 가진 아이를 보면 화가 나고, 억울하고, 그러는 게 상대적 박탈감이야. 세상은 절대 평등하지 않고 평등할 수도 없어. 미소가 부자인 건 아버지나 할아버지가 열심히 일했기 때문이야. 부자면 많은 것을 가질 수 있고 좀 편하다는 이점이 있지. 하지만 그게 행복의 조건은 아니야. 내가 가진 것에 만족하고 멋진 꿈을 꾸는 것이 행복이야."

다 알 수는 없지만 교장 선생님의 말씀이 이해가 됐다. 미소네 집이 으리으리하고 멋지지만 내 방의 폭신한 침대도 좋다. 빨리 집으로 돌아가서 엄마가 해준 밥 먹고 내 침대에서 자고 싶다. 나를 훑어보며 마음대로 단정하는 미소 엄마보다 우리 엄마가 훨씬 지혜롭다는 생각이 들었다. 우리 엄마는 식당에 다니지만 대학 교수인 미소 엄마 같은 질문은 결코 하지 않을 테니까.

"저녁 먹어야지."

"미소네 집에서 파스타 먹었어요. 샐러드도 먹고 마늘빵도 먹고."

"이태리식으로 먹었구나. 미소 엄마한테 섭섭하더라도 미소하고는 친하게 지내라."

교장 선생님 말씀에 고개를 끄덕였다.

"캐빈 선생님 오셨어. 영어 선생님이야. 재미교포여서 군대 안 가도 되는데 한국 사람이라면 군대에 가야 한다며 귀국한 거야. 정말 멋진 청년이지. 옷 갈아입고 여덟 시까지 학습실로 와."

샐비어방으로 가는데 아주 먼 곳에 갔다 온 기분이 들었다. 엄마가 했던 말이 떠올랐다.

"많은 일들이 일어날 거다. 기분 나쁜 일이 있을 때는 기분 좋은 일이 더 많이 생기려고 그러는구나, 그렇게 생각해라. 뭐든 긍정적으로. 엄마도 처음 삼 년은 괜히 억울하고 괜히 심술 나고 그랬다. 북에서 먹을 기 없어서 굶을 때는 언제고 여기 사람들이 너무 잘 먹고 잘살면서 우리를 업신여긴다는 생각이 들어서 말이다. 우리를 조금만 무시하는 것 같으면 막 대들고 그랬다. 근데 삼 년쯤 지나니까 다 고맙더라. 남한 사람들이 낸 세금으로 국가에서 우리를 맞아주고 돌봐주니끼니. 우리 송이는 기분 나쁜 일은 생각하지 말고 고맙고 즐거운 일만 생각하면 좋겠다."

엄마가 했던 말을 다시 한 번 되새겼다. 미소 엄마 생각은 하지 않고 미소가 잘해 준 것만 생각해야겠다.

"요, 송이! 프리티걸. 예뻐. 인기 많겠는걸."

캐빈 선생님은 손가락으로 총알을 쏘며 나를 반겨주었다. 손가락총이지만 갑자기 몸이 움찔했다. 동네에서 들은 총소리와 총살형 얘기가 떠올라 고개를 흔들었다. 이제 북한에서 겪은 좋지 않았던 일은 생각하지 않을 테다.

"영어 공부 어렵게 생각 마. 내가 중학교 때 미국 이민 갔는데 영어 하나도 몰랐어. 영어 노래 백 개 외웠더니 영어 저절로 되었어. 송이도 나처럼 영어 노래 부르면 금방 영어 잘될 거야. 쉬운 노래부터 팝송까지, 오늘 〈작은 별〉 부르자."

미소네 집에서부터 따라온 어두운 기분이 사라졌다. 캐빈 선생님이 손뼉을 치며 노래를 불렀다.

"트윙클 트윙클 리틀 스타, 하우 아이 원더 왓 유 알, 업 어버브 더 월드 소 하이, 라이크 다이아몬드 인 더 스카이, 트윙클 트윙클 리틀 스타, 하우 아이 원더 왓 유 알. 어때, 재미있지."

캐빈 선생님이 어깨를 들썩이며 노래해서 웃음이 나왔다.

"트윙클 트윙클 리틀 스타, 반짝반짝 작은 별. 하우 아이 원더 왓 유 알, 내가 널 어떻게 생각할까. 업 어버브 더 월드 소 하이, 세상 위에 아주 높이. 라이크 다이아몬드 인 더 스카이, 하늘에 박힌 다이아몬드같이. 그다음에 트윙클 트윙클은 반복이고……. 그냥 외우고 뜻 알면 돼. 쓰기는 나중에 하고. 자 또 불러보자."

캐빈 선생님과 트윙클 트윙클, 하고 노래를 부르자 아이들이 들여다봤다. 캐빈 선생님이 손짓을 하자 아이들이 들어와서 따라 불렀다. 다 같이 손뼉을 치며 트윙클 트윙클, 하고 부르다 보니 금방 외워졌다. 우리가 노래 부를 때 교장 선생님까지 들어왔다.

"잠시 쉬라고 했더니 다들 여기 와서 노래 부르고 있네. 캐빈 선생님 아주 좋은 방법이에요. 캐빈 선생님 오시는 날은 합반해서 다 같이 영어 노래 부르죠 뭐."

"큰 교실에 가면 더 재미있게 할 수 있어요. 게임하면서 할 수 있어요."

"좋아요. 캐빈 선생님 오실 때는 다 같이 영어 노래 불러요. 오늘부터 당장 그렇게 하죠."

도서실 옆 큰 교실에 가서 〈작은 별〉 노래를 부르며 돌다가 캐빈 선생님이 두 명, 세 명, 외치면 재빨리 옆의 친구를 부둥켜안는 놀이를 했다. 우리가 즐겁게 노래하고 있을 때 전식 오빠까지 들어와서 채송화학교 전교생이 즐겁게 춤추며 놀았다.

"야, 정말 재미있네요. 영어도 익히고. 애들이 캐빈 선생님 오시는 날만 기다릴 거 같아요."

교장 선생님 말에 모두들 맞아요, 라고 환호했다. 공부를 놀이처럼 할 수 있다니 정말 놀라웠다. 우리 교실로 돌아오자 캐빈 선생님이 말했다.

"한국에 온 지 얼마 안 돼 어리둥절하지? 하지만 송이는 말은 알아들을 수 있어. 나는 중학교 때 부모님 따라 미국 이민 갔어. 다들 영어 하는데 나만 못했어. 처음에 부모님한테 한국 가자고. 나 혼자 한국에 보내달라고 울었어. 그래 봤자 소용이 없잖아. 근데 미국 애들이 한국 노래 부르는 거야. 케이팝이 유명하잖아. 한국 노래를 소리 나는 대로 영어로 써가지고 금방 외우는 거야. 그거 보고 따라서 한 거야. 영어 노래를 한글로 소리 나는 대로 써서 불렀어. 금방 외워지고 영어가 쉬워졌어. 송이도 뭐든 긍정적으로 생각해. 할 수 있어. 잘 안 된다고 북한으로 돌아갈 거 아니잖아."

캐빈 선생님 말씀에 고개를 끄덕였다.

"블룸 웨어 유 아 플랜티드! 뿌리 내린 곳에서 활짝 꽃피어라. 내가 미국 가서 늘 외운 문장이야. 송이도 힘들 때마다 외워. 송이가 뿌리 내릴 곳은 대한민국이야. 여기서 활짝 꽃 피워."

캐빈 선생님 말이 가슴에 콱 박혔다. 'Bloom where you are planted.' 선생님이 내 노트에 써주었다. 블룸 웨어 유 아 플랜티드. 이제 여기서 뿌리를 내려야 한다.

"몇 달 뒤에 입대해. 이번 학기 동안 내가 영어 노래 많이 가르쳐줄게."

캐빈 선생님이 팔을 벌려서 나를 안아주었다.

"이건 미국식 인사법이야. 허그. 새로운 것에 계속 익숙해져야 해!"

어색했지만 또 새로운 걸 배웠다.

"다음 주에 보자. 나는 여행 다니고 친구도 만날 거야. 수요일에는 채송화학교에 꼭 올 거야. 신문에서 이사장님 기사를 보고 봉사하고 싶어 자원한 거야. 안녕. 다음 주에 봐."

그러고 보니 캐빈 선생님의 한국 말투가 좀 이상했다. 혀를 많이 굴리고, 조사를 빼고 말하는 편이다. 개의치 않고 말하는 캐빈 선생님을 보니 나도 좀 용기가 났다.

운동장에서 혁수가 줄넘기를 하고 있었다.

"힘들지 않아?"

"그래도 해야 돼. 우리 반에서 내가 키가 제일 작단 말이야. 우유 많이 먹고 줄넘기 많이 하면 키 큰대. 여자애들보다 더 작아서 창피해. 남한 애들은 어릴 때부터 잘 먹어선지 키가 커."

공부는 포기했다더니 줄넘기는 열심히 하나 보다.

"공부도 열심히 할 거야. 여자애들이 키 작은 애도 싫어하지만 공부 못하는 애도 싫어한대."

우리 모두 해야 할 게 너무 많다. 나도 키가 작은 편인데 줄넘기를 해볼까? 혁수 혼자 심심할 거 같아 함께 줄넘기를 했다.

"누나가 매일 같이해 주면 좋겠다. 나 혼자 심심해. 금옥이 누나는 키 작아도 괜찮대. 줄넘기가 귀찮다면서."

"알았어. 시간될 때 같이해 줄게."

우리가 펄쩍펄쩍 뛰고 있자니 지나가던 교장 선생님이 박수를 보내주었다. 몸과 함께 마음도 둥둥 떠오르는 것 같다.

멋진 사람 되기

 미소는 등교하자마자 미안하다고 말했다. 괜찮다는 데도 선물 꾸러미를 안겼다.
 "이건 미안해서. 내가 맨날 이것저것 많이 사서 같은 것들이 두세 개씩 있어. 그리고 이건 민혁이 주고."
 미소가 선물 꾸러미 두 개를 놓고 재빨리 뒷문으로 나갔다. 앞문으로 민혁이 들어오고 있었기 때문이다. 민혁이 자리에 앉을 때 미소가 준 걸 슬쩍 밀었다.
 "미소가 준 거지? 들어올 때 봤어."
 민혁은 선물을 풀어보다가 깜짝 놀랐다.
 "이거 굉장히 비싼 만년필인데. 우리 아빠도 이거 갖고 있는데. 뚜껑에 하얀 거, 이게 몽블랑 산의 눈이래. 미소가 아빠 만년필 갖고 온 거 아냐? 돌려줘야겠어."

민혁이 일어서려고 할 때 내가 주저앉혔다.

"미소네 부자다."

내가 말을 하자 민혁이 의아한 듯 바라봤다. 미소를 위해 어쩔 수가 없었다.

"이건 진짜 비싼 건데."

"그래도 받아라."

내가 너무 단호하게 말했는지 민혁이 알았어, 라며 만년필을 가방에 넣었다. 미소가 들어오면서 나한테 손가락으로 동그라미를 그려보였다. 나는 웃으며 고개를 끄덕여주었다. 처음으로 준 선물을 돌려받으면 미소가 기분 나쁠 거 같았다. 아무리 비싼 거라도.

미소가 내게 준 선물 꾸러미를 슬쩍 들쳐봤더니 티셔츠와 학용품이 들어 있었다. 옆으로 매는 작은 가방도 있었다. 모두 미소가 좋아하는 게임 캐릭터 그림이 박혀 있었다. 친구가 되어준 데다 선물까지 주다니, 고마운 마음이 뭉글뭉글 피어올랐다.

"선물 고맙다."

점심을 먹으러 가면서 내가 인사를 하자 미소는 민혁에게 선물을 전해 주어 자기가 더 고맙다고 했다. 나도 나중에 미소에게 선물을 해야겠다.

미소와 점심을 먹고 있을 때 민혁이 식판을 들고 우리 자리로 왔다. 미소는 입을 가리며 어머 어머 어떡해, 라고 했다.

"연미소, 선물 고맙다. 그런데 그렇게 비싼 걸 줘도 되는 거야?"

"그게 그렇게 비싼 거야? 아빠 책상에 그런 거 많아."

"그럼 그거 아빠 거잖아. 니 거 아니잖아."

"우리 아빠 게 내 거지. 우리 집에 애라곤 나 하난데. 아빠가 다 미소 거다 그러셨으니 걱정 마."

"에휴, 너 같은 딸 낳으면 골치 아프겠다."

민혁이 코를 벌렁거리며 고개를 흔들어 우리는 입을 가리고 웃었다. 건너편 탁자에서 안경과 빨강이 우리를 째려봤다. 그냥 넘어갈 것 같지 않다.

밥을 먹고 미소와 운동장으로 나오는데 안경과 빨강이 따라왔다. 분명 두 명이었는데 네 명이 우리를 둘러쌌다.

"야, 너희 둘 따라와."

벌벌 떨 줄 알았던 미소가 빙글빙글 웃으며 나에게 따라가 보자고 했다.

"어카려고. 네 명이나 된다야."

"너 겁나니까 사투리가 막 나오네. 오늘은 연변 같은데."
"야, 겁나지 않나?"

북한말이 튀어나오는 게 문제가 아니었다. 애들이 교실 뒤쪽 쓰레기장 쪽으로 걸어갔다. 우리를 벽에다 세우고 넷이서 째려봤다.

"너네, 왜 자꾸 민혁이한테 꼬리 치니? 우리가 이미 민바라기를 결성했고 민혁이 팬클럽을 크게 키울 거야. 너희들이 민혁이를 독차지하면 애들이 가입을 하겠니?"

안경이 입술에 립글로스를 바르면서 미소와 나를 차례로 째려봤다.

"나는 민혁이랑 같은 반이고 송이는 짝이어서 같이 점심 먹은 건데 뭐가 잘못됐다는 거니?"

미소가 눌리지 않고 대꾸했다. 네 명이 한 발짝씩 앞으로 당겨 우리와 코가 닿을 정도로 가까워졌다.

"이러지 마라. 왜 이러나."

내가 말리자 빨강이 말했다.

"뭐야, 그건 무슨 말투야? 넌 어디서 왔는데 민혁이 짝이 돼서 거슬리게 구냐?"

안경이 내 목을 잡고 벽에다 밀어붙였다. 켁켁거리고 있을 때 호루라기 소리가 났다. 제복을 입은 두 명의 남자가 나타났다. 미소가 손을 번쩍 들자 남자들이 달려왔다.

"연미소 고객님, 괜찮으십니까?"

그 남자들이 미소를 격리시키며 말했다.

"괜찮아요. 얘들 쫓아주세요."

네 명이 눈이 휘둥그레져서 남자들을 쳐다보았다.

"학생들, 다시는 연미소 고객님을 괴롭히지 마. 우린 바로 출동하니까. 모두 교실로 돌아가. 연미소 고객님은 우리가 모시겠습니다."

네 명의 아이들은 넋이 나간 듯 멍한 표정이었다. 우리는 제복을 입은 사람들과 함께 운동장 쪽으로 나왔다.

"이제 됐어요. 가세요. 처음으로 호출했는데 빨리 와주셨네요. 우리끼리 교실로 갈게요. 괜히 다른 애들이 보면 이상하게 생각하니까요. 고맙습니다."

"아닙니다. 다음에도 불러주십시오."

두 명의 남자가 경례를 하고 돌아갔다.

"어째 달려온 거가."

미소는 킬킬 웃으며 주머니에서 뭔가를 꺼내 보여주었다.

"엄마가 위급할 때 누르라고 해서 한번 눌러봤는데 진짜 왔네. 사설경호업체가 우리 집을 지키는데 엄마가 돈을 더 내고 내 경호까지 맡긴 거야. 따라다니는 경호 말고 부르면 즉각 출동하는 거. 경호업체는 부르면 삼 분 이내에 오거든. 오늘 처음 눌러봤어. 재밌다. 저애들 다시는 못 덤빌 거야."

내가 계속 어리둥절한 표정을 짓자 미소는 경찰이 있지만 일일이 다 지킬 수 없어서 사설경호업체가 성업 중이라고 설명해 주었다.

"우리 엄마는 겁도 많고 의심도 많아. 아빠도 엄마도 바빠서 맨날 늦게 오시니까 사설경호업체에 맡긴 거야. 우리 집에 CCTV가 한 열 개는 달려 있을 거다. 오늘 경호원들 온 거 얘기해 주면 엄마가 좋아하겠다."

미소는 해맑게 웃으며 즐거워했다. 애들한테 괴롭힘을 당하지 않은 건 다행인데 뭐가 뭔지 모르겠다.

"위급할 때 빨리 오는 건 좋은데 내가 엄마 손 안에 있는 거니까 답답해. 일 학년 때 가출이랍시고 했는데 휴대전화의 위치추적장치 때문에 그날 저녁에 바로 잡혀 들어갔지. 그때까지 그런 거 있는지 몰랐거든. 어른이 될 때까지 엄마 옆에 딱 붙어 있어야 해. 그게 맞는 거고."

엄마가 하나하나 챙겨주는 가운데 살아온 미소는 내가 엄마와 6년이나 떨어져 있었고, 그때 엄마가 살아 있는지조차 몰랐다면 이해할까? 북한에 있을 때 동네에서 갑자기 가족이 사라지는 일이 종종 일어났다. 미국 영화를 본 것 때문에 총살당한 사람이 있다는 말도 들었고, 당을 비방했다가 보위부에 끌려가 반병신이 되어 나온 사람도 있다고 했다. 엄마처럼 갑자기 사라져서 행방을 알 수 없는 사람도 있었고, 아이가 갑자기 사라지기도 했다. 잘못 걸리면 온 가족이 수용소로 끌려가기도 했다.

잠깐 만에 짜잔 나타나서 미소를 지켜주는 남한, 사람이 사라져도 찾을 수도 없는 북한, 너무 차이가 커서 한숨이 나왔다.

교실로 돌아와 민혁에게 조금 전의 얘기를 꺼낼 뻔했다. 먼저 말하고 싶어하다니, 나도 깜짝 놀랐다. 민혁과 미소, 친구가 두 명 생긴 것 같아 마음이 든든하다. 두 사람이 나를 친구로 생각하는지는 모르겠지만.

김수지 선생님은 어제 채송화학교에 같이 못 가서 미안하다고 했다. 나에게 혼자서 잘 갔느냐고 말할 때 선뜻 대답을 못 했다. 자세하게 말해야 할지 어째야 할지.
"왜 무슨 일이 있었어?"
"네, 제가 버스 타고 가려는데 미소가 자기네 집에 놀러 가자고 해서 갔다가……."
"연미소? 걔네 집에 갔단 말이야? 미소 아빠가 대학교 두 개에다 고등학교, 중학교까지 운영하는 화문학원 이사장이잖아. 그 집 으리으리하던데. 작년에 선생님들 다 초대되어 그댁 마당에서 바비큐 파티 했잖아."
선생님들을 다 모시고 파티까지 하다니 놀랄 일이다.
"여기가 시 외곽이라 공기가 좋아서 으리으리한 집들이 많아. 그런 집 아이들 다 사립학교에 보내는데 미소네 아빠가 특별하게 키우면 안 된다고 미소를 공립학교에 보내셨다더라. 아빠가 좋은 정신을 가지셔서 그런지 미소도 티 안 내고

착한 것 같아. 그래서 집 구경 잘했어? 으리으리하지?"

"네, 교장 선생님한테 말씀드렸더니 상대적 박탈감에 대해 얘기해 주셨어요."

"교장 선생님이 좋은 얘기해 주셨네."

그렇게 말하는 선생님 얼굴이 환하게 빛났다. 금옥의 말대로 두 분이 사귀면 참 좋을 텐데.

"조금 슬픈 얘기다만 사람들은 다 제 분수에 맞게 살아야 해. 괜히 다른 사람 보면서 열패감 가지지 말고. 하지만 꿈을 크게 가져. 지금은 비록 어렵더라도 앞으로 멋진 사람이 되겠다, 그런 꿈."

멋진 사람 되기, 그것도 좋은 꿈이다. 아직은 어서 속히 이 모든 것에 익숙해지는 게 급선무지만.

김수지 선생님이 초등학생들을 가르치는 동안 교장 선생님이 학습방에 왔다.

"송이가 정말 잘해야 하는 건 국어야. 국어를 제대로 익혀야지 다른 과목도 잘할 수 있어. 국어야말로 모든 것의 기초야. 틈나는 대로 동화책을 읽도록 하자. 우선 위인전을 읽으면서 이해력을 길러. 위인전을 읽으면 우리나라 역사도 금방 이해하게 될 거야. 수학과 영어를 잘하고 국어 실력까지 기르면 송이는 아마 최강이 될 거야."

교장 선생님은 '안중근 위인전'을 갖고 와서 책을 펼쳤다.

"먼저 필자의 머리말을 읽어봐. 왜 이 책을 썼는지 작가의 의도를 아는 게 중요하거든. 자 여기 있네. 이 책을 읽고 어린이들이 안중근 의사의 기개를 배웠으면 좋겠다고 되어 있네. 일제하에서 신음하고 있을 때 우리 민족의 원수인 이토 히로부미를 처단한 그 정신. 대단한 분이야. 일제강점기 상황이 잘 나와 있으니까 읽으면 공부가 될 거야. 남북이 갈라지기 전의 일이야."

교장 선생님이 파이팅을 외치며 나갔다. '파이팅'도 사전에 써넣어야겠다.

'안중근 위인전'을 읽다가 새로운 사실을 많이 깨달았다. 북한에서는 맨날 수령님 얘기를 읽었는데 수령님은 뭐든 다 해내는 만능 인물이다. 그때는 그런 줄 알았으나 그게 불가능하다는 걸 여기 와서 금방 깨달았다. 하지만 어릴 때부터 똑같은 내용을 계속 읽고 달달 외우다 보면 나중에는 그게 정말이 된다. 아직까지 수령님과 장군님 얘기가 사실처럼 생각될 때도 있다. 너무 어릴 때부터 그렇게 믿었기 때문이다. 그것도 속히 풀어야 할 숙제다.

안중근 의사가 결심을 하고 하얼빈 역을 떠나는 데까지

읽었는데 교장 선생님이 들어왔다.

"재미있니?"

"네, 일제강점기 때 사람들도 고생을 정말 많이 했네요."

"그래. 책을 읽으면서 뭘 느꼈니?"

나는 안중근 의사에 대한 것보다 내가 북한에서 배운 것들에 대한 혼란함에 대해 얘기했다. 하나원에서 다 배웠지만 여전히 어릴 때 믿었던 것들이 머리 한쪽에서 잘 지워지지 않는다는 사실을.

"그럴 수 있어. 차츰차츰 깨우치면 돼. 북한에서 십사 년을 살았고 이제 남한에 온 지 몇 달 안 되었으니 그런 혼란은 오히려 당연한 거야. 헷갈리는 걸 너무 빨리 없애려고 하지 마. 너무 깊이 생각하다 보면 해리성 장애가 올 수도 있어. 천천히 해."

'해리성 장애'는 또 뭐지? 익혀야 할 게 너무 많다. 교장 선생님이 나간 뒤 얼른 해리성 장애란 말을 찾아봤다. 성장 시기에 충격적인 사건을 겪으면 여러 가지 정체성을 가진다는 뜻이었다. 무슨 말인지 잘 이해가 가지 않았지만 '다중인격 장애'를 찾아보고 나니 고개가 끄덕여졌다. 한 사람 안에 다수의 정체감이나 인격 상태가 존재하는 것.

실제로 나는 요즘 여러 사람으로 사는 것 같다. 나는 북한에서 온 지 몇 달 안 되는 중학생인데 엄마와 서먹서먹하고, 보국중학교가 낯설고, 채송화학교는 아직 적응이 잘 안 된다. 그런데 보국중학교에서는 아주 예전부터 한국에서 산 척하고, 엄마하고는 친한 척한다. 채송화학교에서는 다들 나를 아주 착하고 싹싹한 아이라고 생각한다. 도대체 내가 누군지 모르겠다. 다시 한 번 해리성 장애에 대해 읽어보고 정신을 단단히 차려야겠다. 기억과 정체감을 상실하고 다른 곳을 떠돌다 전혀 다른 정체성으로 살 수도 있다고 하니.

금옥도 혁수도 다들 잘 견디고 있는데 나도 정신을 바짝 차려야겠다. 블룸 웨어 유 아 플랜티드. 캐빈 선생님 말씀대로 이제 한국에 뿌리내리고 적응해야 한다.

엄마, 우리 엄마

채송화학교에서 첫 주를 지내고 집으로 갔다. 처음으로 엄마가 보고 싶다는 생각이 들었다. 지난 한 달 동안 엄마와 지내면서 서먹서먹한 가운데도 정이 든 게 분명하다. 일주일간 보국중학교와 채송화학교에서 워낙 많은 사람을 만나고 많은 일들이 있어서 오랜만에 집에 온 기분이 들었다. 집 안에 들어서자 고소한 냄새가 코를 찔렀다. 접시에 소복이 올려놓은 걸 보니 침이 고였다. 먹고 싶어도 먹을 수 없었던 음식.

"두부밥이네요. 이것을 한번 배불리 먹어보는 게 소원이었어요."

"에구, 장마당에서 젤로 인기 있었지. 하기사 뭐 다른 거

파는 거도 없었다마는. 다들 두부밥 먹고 싶어도 돈이 있어야 사 묵지. 이렇게 싸게 만들 수 있는 걸. 내가 일주일 동안 뭘 해줄까 궁리하다가 북에서 먹고 싶어도 못 먹던 걸 만들자 하는 생각이 나지 않겠니? 송이가 좋아할 줄 알았다. 먹어봐라. 맛이 어떤가 봐라."

노릇노릇 구운 두부에 밥을 넣고 양념장을 뿌린 두부밥은 고소하고 달콤했다.

"진짜 맛있어요. 일주일 동안 맛있는 거 많이 먹었는데도 이게 제일 맛나요."

"에구 을매나 먹고 싶었으면 이게 맛있나 그래. 한국에 맛있는 게 얼마나 많은데. 마이 묵어라."

엄마는 옷소매로 눈물을 훔쳤다. 나도 눈물이 핑 돌았다. 두부밥도 배불리 못 먹을 할머니와 아버지를 생각하니.

"와 우나. 할머니하고 아버지 생각해서 그러제. 걱정 마라. 엄마가 며칠 전에 사람 시켜서 북에 돈 보냈다. 북에도 돈만 있으믄 요즘 안 굶는담서. 여기서 마이 보내는데 이쪽저쪽서 띠고 정작 너거 아바이한테 얼매 안 가서 문제다만."

"북한에 잘 전달됐는지 어떻게 알아요? 북에 있을 때 한 번씩 할머니가 이것저것 장마당에서 사온 적이 있어요. 아마 엄마가 돈을 보낸 땐가 봐요."

엄마는 전에도 돈을 두 번 보낸 적이 있다고 했다. 한국에 와서도 우리를 잊지 않고 애써서 번 돈을 보내준 엄마가 고마웠다.

"걱정 마라. 다 안전장치를 해서 보냈으니. 오늘이나 내일 북에서 바로 우리랑 전화를 연결해 주기로 했다. 월요일 학교로 갈 때까지 전화가 와야 송이도 통화할 텐데."

"진짜? 진짜 할머니하고 아버지하고 통화할 수 있단 말이야? 그게 어떻게 가능해? 북한 우리 집에 전화도 없는데."

나도 모르게 흥분해서 반말이 나왔다.

"돈이면 안 되는 일이 있나? 그러니끼니 뼈 빠지게 버는 기다."

요즘 단속이 강화되었지만 돈을 계속 집어주면 집까지 갈 수 있다고 했다. 북한을 자유롭게 드나들 수 있는 중국 사람을 통해.

"이상한 외화벌이 시키지 말고 남쪽 친척들하고 연결시키는 기 제일 확실한 외화벌인데. 남쪽 친척들 돈을 받게 해서 세금을 띠면 공화국 살림이 마이 나아질 끼라. 아예 중국처럼 확 개방을 해서리 사람이 오고 가게 하면 뭐가 막 돌아갈 낀데. 여기서 을매나들 북으로 여행을 가겠나. 잘사는 길 놔두고 사람들 귀 막고 눈 막고 그기 뭐이고. 내 머리로도 다 생각을 하는데 와 그런 생각을 못 하노 말이다. 인민들 다 굶어 죽으라는 기지. 저거만 배부르겠다는 기지. 켕기는 기 많으니 그게 안 되겠지. 거짓말을 하도 해놨으이."

엄마는 한숨을 푹 쉬었다. 엄마 말대로 남북이 오갈 수 있다면 얼마나 좋을까. 그러면 나도 아르바이트를 해서 할머니와 아버지 선물 사서 갈 텐데.

가슴이 두근두근했다. 할머니와 아버지 생각만 하면 늘 가슴이 녹아내릴 것 같았는데.

"두부밥 너무 마이 먹지 마라. 밀쌈도 만들고 있으니끼니. 닭고기하고 채소하고 된장을 넣어서 말아놓은 밀쌈도 을매나 먹고 싶었나."

"오래전에 장마당에 나가 할머니하고 아부지하고 두부밥이랑 밀쌈을 사먹었는데 진짜 맛있었어요. 그날 우리 식구가 오랜만에 참 행복했어요. 이불도 하나 사고, 아부지하고 할머니 옷도 사고 내 옷도 샀어요."

"그때는 송이가 있어서 할머니도 니 아버지도 좋았을 낀데 이번에는 니가 없어서 돈을 받아도 울적하가써. 어휴."

엄마 말에 마음이 무거워졌다. 아픈 다리를 주물러줄 때마다 할머니는 송이 때문에 산다고 했는데. 이제 엄마가 보낸 돈을 받아도 신이 안 나면 어떡하지. 할머니도 한국으로 오면 좋겠지만 험난한 탈출 길을 견뎌내기 힘들 것이다. 할머니를 두고 아버지 혼자 올 수도 없을 테고.

"송이야 맛이 어떠니? 장마당에서 파는 거보다 더 고급인데. 북에서 온 사람들이 모일 때 이거 해묵는데 다들 그때 장마당에서 사먹었을 때가 맛있었다고 그란다. 여긴 먹을 게 많아서 그런지."

엄마 말대로 돈이 없어 장마당에서 겨우 두 개씩 사먹었을 때의 맛을 잊을 수가 없다. 하지만 엄마가 만든 것이 훨씬 더 고급스럽고 부드럽다.

"장마당에서 파는 것보다 백 배나 맛있어요. 엄마가 만든 거 갖고 나가면 금방 팔릴 텐데."

"남한에서 돈을 많이 벌면 북한음식점 하나 내고 싶은데 가겟세가 여간 비싸야지. 목이 좋은데 차려야 사람들이 오는데 구석에다 차려봐야 사람이 안 오이."

엄마의 푸념에 나의 꿈이 생각났다. 엄마에게 북한음식점을 차려드리기. 그러려면 돈을 많이 벌어야 하는데 무얼 해서 벌어야 할지, 그건 좀 더 고민해 봐야겠다.

너무 많이 먹어서 배가 더부룩했다. 밖에 나가서 줄넘기를 하고 싶지만 언제 전화가 걸려올지 몰라 나갈 수가 없었다. 엄마는 휴대전화가 울리기만 하면 바짝 긴장했다. 하지만 토요일 저녁 늦게까지 전화는 오지 않았다.

대신 미소한테서 문자 메시지가 왔다. 자기 엄마가 텔레비전 대담 프로그램에 나오니까 꼭 보라는 내용이었다. 미소 엄마 백자연 교수는 텔레비전에 나온다고 머리를 너무 부풀려서 마치 머리 안에 공을 넣은 것 같았다.

"저 아주마이가 친구 엄마라고? 머리를 뭐 저래 올렸나. 너무 꾸미면 더 촌시러운데. 얼굴은 아주 이쁘다야. 친구도 이쁘겠네."

"키도 커."

"그런 아아가 니하고 친구하재나. 고맙구나야. 엄마가 저래 훌륭한데 말이다."

그날 미소 엄마가 나한테 어떻게 했는지 말하면 훌륭하다는 소리가 쏙 들어가겠지만 엄마한테 말하지 않았다. 괜히 속만 상할 테니까. 아나운서가 출연자들을 소개했다. 미소 엄마는 심리학 박사로 청소년 문제에 특별히 관심이 많다고 했다.

"그냥 따분하게 말만하는 프로네. 재미있겠나."

엄마가 내 눈치를 살폈다. 아무래도 다른 채널에서 하는 연속극을 보고 싶어하는 것 같다. 방송을 봐야 미소가 물을 때 답을 할 수 있을 거 같아 그냥 틀어놓았다.

"백자연 교수님, 요즘 청소년들이 부모에게 반항을 하고 심지어 가출까지 하는데 어떻게 타일러야 할까요?"

"대화가 가장 중요합니다. 부모들이 평소 자녀들의 눈높이에 맞춰서 대화하고 고민이 뭔지, 뭘 원하는지 알고 있어야 합니다. 너무 이상한 게 아니라면 들어주고, 너무 공부만 시키는 것도 안 되겠죠. 다양한 친구들과 어울리게 해야 합니다. 끼리끼리 놀면 아이들이 세상을 익힐 수가 없어요. 어려운 친구들을 도와주게 하고, 다양한 모임에 데리고 가는 게 좋습니다."

미소 엄마는 얼굴 가득 웃음을 띠고 우아하게 손짓을 하며 말했다. 다양한 친구들과 어울리게 해야 한다고 할 때 웃음이 터질 뻔했다.

> 우리 엄마 완전 가증이지.
> 엄마 안티로 돌아서 인터넷에 확 불어버릴까.

미소가 또다시 나에게 문자 메시지를 보냈다.

> 그러지 마. 엄마가 다 널 위해 그러는 거니까.

> 헐~ 대박. 그렇게 당하고도 우리 엄마를 두둔?
> 다음에 천사 코스프레 해줄게.

미소의 메시지에 저절로 웃음이 나왔다. 메시지를 나눌 친구가 생겼다는 게 기쁘다. 그러고 보니 민혁은 문자 메시지로 대화하자더니 보낸 적이 없다. 하긴 이제 내가 민혁이 묻는 말에 짧게나마 대꾸를 하니까.

"친구 엄마가 말씀도 잘하시고, 마음도 넓으시네. 역시 많이 배운 사람은 뭐가 달라도 달라. 저런 사람의 딸하고 송이가 친구라니 마음이 놓인다야."

그러고 보니 우리 엄마도 마찬가지다. 좋은 집안 애랑 친구여서 마음이 놓인다니. 엄마들은 다 똑같은가 보다. 미소랑 문자 메시지를 주고받은 뒤에 바로 채널을 돌려서 연속극을 봤다.

"어머, 너 참 예쁘다. 그 옷 어디서 샀어?"

"백화점에서. 세일할 때 샀어. 괜찮지?"

엄마와 등장인물의 말을 따라 하다가 깔깔 웃었다.

"송이 니는 아주 비슷하다야. 어째 육 년이나 된 나보다 육 개월도 안 된 니가 더 잘하나."

"정말? 그래도 미소가 내게 좀 이상하다고 했어요. 조심하면 괜찮은데 급하면 북한말이 나도 모르게 막 튀어나와요."

"그러니까 늘 정신 채리고 있어야지. 정신을 어따 놓고 그라나."

주인공이 남자친구와 만난다.

"오, 오늘 아주 예쁜데."

"정말? 나 진짜 괜찮아? 자기 부모님 뵈러 갈 때 이 옷 입고 갈까?"

엄마랑 둘이 또 여자 주인공을 따라 하다가 깔깔 웃었다. 그때 전화벨이 울렸다. 밤 11시가 다 되어가는 시각이다. 엄마 얼굴이 긴장되었다.

"여보세요? …… 아, 도착했슴까? …… 예, 바꿔보세요. …… 여보, 어째 지내요? 몸은 좀 괜찮아요? …… 어머니는? 에유, 고생 많수다. …… 송이 옆에 있어요. 기대리요. 송이야, 아부지다."

벌써 눈물이 핑 돌았다.

"아부지……."

"송이가? 진짜 송이가? 송이야!"

어데 어데, 송이라고! 할머니 소리가 들렸다.

"송이야, 할머니다. 잘 갔나? 잘 지내나?"

"할머니……."

"그래그래, 목소리 들었으니 됐다. 여기 오래 통화 못 한다. 송이야. 부디 잘 지내라. 아부지 바꿔주께."

"할머니, 할머니……."

할머니를 부르는데 아버지가 나왔다.

"송이야. 엄마 말 잘 듣고 성공해라. 꼭 성공해라. 아부지는 여기서 니 생각만 한다. 우리 송이 잘되라고. 우리는 걱정 말고."

"아부지, 아부지……."

내가 우느라 인사도 제대로 못 하고 있는데 엄마가 전화를 받아 빠르게 말했다.

"을매나 받았소……. 에고 사 분의 일도 안 되네. 그거라도 갖고 어마이하고 잘 쓰소. 또 연락 닿도록 하겠소. 몸 건강하소."

엄마가 전화를 끊고 눈물을 닦았다.

"나 좀 바꿔주지. 끊었어요?"

"오래 못 한다. 지금 중국 사람 휴대전화로 전화한 긴데 그거이 뭐 복잡하게 연결된다 하드라. 중국 쪽으로 신호가 가서 한국으로 연결한다 카든가. 빨리 끝내야 한다. 요즘 단속이 심하단다. 그래서 더 돈이 많이 든다. 돈을 여기저기 써 가며 을매나 조심스럽게 하는 긴데. 거기까지 도착하는 데 돈이 너무 많이 드니까 자주 못 보낸다. 그래도 할머니하고 느 아부지한테 도움이 될 끼다."

"엄마 고마워요."

"내 시어머니와 남편인데, 내가 어디 남한테 한 거가. 송이 보내주어 고맙지. 할머니하고 아부지가 니 못 보낸다 캤으믄 니 못 왔다."

캐빈 선생님이 나에게 했던 것처럼 엄마를 꼭 안아드렸다.

잠자리에 들 때 슬프면서도 마음이 따뜻했다. 오늘은 북쪽과 남쪽에서 우리 가족이 동시에 같은 생각을 하며 잠이 드니 의미가 깊은 밤이다.

눈이 점점 말똥말똥해지며 그날이 떠올랐다. 그날 밤중에 집에 찾아온 중국 아저씨를 따라나섰다. 물을 많이 먹긴 했지만 무사히 두만강을 건넜다. 중국 아저씨는 곧바로 선교사님 집에 나를 밀어 넣고 가버렸다. 선교사님은 영어학원을 운영하고 있었는데 학원생이라고는 조선족 아이들 몇 명밖에 없었다. 학원 운영은 공안들 눈을 속이기 위한 방편이라고 했다. 실제로 선교사님은 탈북자들이 무사히 한국에 갈 수 있도록 돕는 일을 했다. 선교사님 댁에서 숙식하는 사람은 나와 소학교 2학년인 미나, 남자 어른 세 명이었다. 미나는 나보다 며칠 먼저 북에서 나왔다. 나처럼 남한의 엄마를 찾아가는 길이었다. 우리 둘은 자매처럼 서로 의지하며 두려운 시간을 함께 보냈다.

내가 도착하고 며칠 지나지 않아 낌새가 이상하다며 선교사님이 우리를 조선족 아줌마 집으로 피신시켰다. 우리가 아줌마 집으로 옮겨간 다음 날 선교사님 집에 숨어 있던 탈북자 세 명이 공안에 붙잡혀 갔다. 그날 공안이 무슨 눈치를 챘는지 조선족 아줌마 집에도 들이닥쳤는데 그때 아줌마가 우리한테 큰 소리로 야단을 쳤다.

"어케 아직도 숙제를 안 하고 놀고 있니, 엉? 동생 데리고 들어가서 숙제해라. 아이고, 내가 너거, 말을 안 들어묵어서 죽겠다. 내가 뼈 빠지게 일하믄 머 하노. 아새끼들은 공부도 안 하는데."

우리는 미리 짠 것도 아닌데 입을 쑥 내밀고 옆방으로 들어갔다. 공안은 쓱 한번 훑어보고 가버렸다. 그날 너무 두려워 가슴이 녹는 것 같았다. 그건 겨우 서막에 불과했다. 다음 날 선교사님이 와서 우리를 또 다른 곳으로 이동시켰고 우리는 알 수 없는 사람들에게 계속 넘겨졌다. 그러던 어느 날 밤 미나가 사라졌다. 두 달이나 같이 다닌 미나는 어른들이 있어도 나만 졸졸 따라다녔는데, 감쪽같이 사라진 것이다. 미나를 잃어버려 인솔자가 많이 당황했지만, 그보다 내가 더 놀랐다.

나는 인솔자에게 한국으로 가는 걸 포기하고 미나를 찾아나서겠다고 했다가 야단만 실컷 맞았다. 많은 사람들이 선교사님에게 송금한 돈으로 힘들게 우리를 한국으로 보내는데 고마운 마음으로 조용히 따라오라고 했다. 혼자 떨어지면 쥐도 새도 모르게 죽을 거라는 말에 겁이 나기도 했다.

영문도 모른 채 집을 떠나온 나는 6년 전에 헤어진 엄마를 만나러 남한으로 가는 게 별로 내키지 않았다. 북한에서는 다들 그렇게 살고 있으니 헐벗고 배고픈 건 어쩔 수 없다고 생각했다. 학교에서 남한이 우리보다 더 못산다고 배웠고 풍문으로 중국에 가면 먹을 게 있다는 얘기 정도만 들었다. 그저 아버지가 내 구두를 사온 러시아는 어떤 나라일까 하는 궁금증은 막연히 가지고 있었다. 다른 사람들은 북에서 남한 드라마를 봤다는데 우리 집에서는 그런 걸 볼 형편도 못 되었다.

어른들과 함께 계속 이동하는 동안 엄마가 나를 북한에서 탈출시키기 위해 많은 돈을 썼다는 것과 중국 아저씨가 엄마가 준 돈을 떼먹고 도망간 뒤 선교사님이 어렵게 나를 한국에 보낸다는 걸 알게 되었다. 수많은 어른들이 남한에 가기 위해 온갖 노력을 다하고 있다는 걸 알고 마음이 점차 달라졌다. 또한 끝없이 터져나오는 공화국의 비리에 내가 지금까지 속았다는 사실을 알게 되었다.

우리는 중간중간 숨어 지낸 적이 많은데 어른들이 충격적인 얘기를 나누다가 뒤늦게 나를 의식하고 입을 다물곤 했다. 선잠을 자다가 아줌마와 언니들의 대화를 듣고 숨이 멎을 듯 놀란 적도 많다. 얼굴에 기미가 잔뜩 낀 아줌마는 탈북하자마자 인신매매범에게 잡혀 중국 남자 집에 팔려갔고, 거기서 성폭행과 폭력을 일삼는 주인 남자와 아들의 눈을 피해 겨우 탈출했다며 눈물을 흘렸다. 열아홉 살 언니는 술집에 팔려가서 중국 남자들에게 성폭행을 여러 번 당했다고 했다. 처음에는 성폭행이라는 말이 뭔지 잘 몰랐는데 아줌마들이 노골적으로 그 사람들에게 당한 일을 얘기할 때 너무 놀라 소리를 지를 뻔했다. 내가 그런 일을 당하지 않으려면 이 일행을 절대 놓치지 않아야 한다는 걸 깨달았다.

중국에서 우리는 여러 번 공안에 붙잡힐 뻔했다. 그때마다 필사의 탈출을 하여 숨어 있다가 밤에 조심스럽게 움직이곤 했다. 아기를 업고 다니던 아줌마는 아이가 울까 봐 계속 수면제를 먹였다. 아이가 자는 모습이 안쓰러워 우는 아줌마에게 옆에 있던 다른 아줌마가 충격적인 얘기를 꺼냈다.

"그래도 얘는 살아 있잖나. 우리 애는……."

거기까지 말한 뒤 아줌마가 막 울었다. 옆에 있던 또 다른 아줌마가 애가 울까 봐 꼭 끌어안고 있었는데 공안이 가고 난 뒤에 보니 애가 숨이 막혀 죽어버린 기라, 라고 대신 말했다. 그 얘기를 듣고 사람들이 다 같이 울었다. 마치 내가 그 아이들의 엄마가 된 것처럼 가슴이 아팠다.

가까스로 중국을 벗어나 라오스에 도착해 좀 안정이 되었을 때 아줌마들이 털어놓은 이야기는 도저히 믿기지 않았다. 정치범 수용소까지 끌려가서 인간 취급을 못 받은 사람, 보위부원이 임신한 여자의 배를 발길로 찼고, 그 여자가 하혈을 하다 쓰러졌다는 얘기를 들었을 때는 귀를 막고 싶었다. 미나도 어디서 맞고 있는 거 아닌가 하는 생각이 들면 머리가 지끈지끈 아팠다. 북한까지 끌려갔다가 다시 탈출했다는 아줌마에게 아기 엄마가 물었다.

"그카는 아줌만 어예 다시 탈출할 수 있었소? 다들 북송되면 죽든가 수용소에서 개만도 못한 생활을 한다 카든데."

"돈이지요. 내가 그 돈을 지키기 위해 똥까지 먹고, 그래서 겨우 탈출해 나왔잖수."

똥까지 먹었다는 얘기에 모두들 인상을 찌푸렸다. 아줌마는 중국에 외화벌이 일꾼으로 나와 식당에서 일하다 탈출했다고 한다. 다른 식당에 취직해 일하는데 누가 고발해서 중국 공안에 잡혔고 북송차로 넘겨졌다는 것이다. 그때 갖고 있던 돈을 돌돌 말아 비닐로 꽁꽁 묶어서 삼켰고, 다음 날 변을 볼 때 나오면 그걸 씻어서 또 먹기를 몇 번이나 되풀이했단다. 결국 그 돈으로 사람들을 매수해서 빠져나왔다고 했다. 냄새 나는 비닐을 다시 먹을 때의 기분을 상상하니 더럽다기보다 처참해서 가슴이 턱 막혔다.

"에구, 다들 숭한 세상을 살았수. 중국을 빠져나왔으니 이제 한국 가는 건 문제없겠지요?"

"내일 악어가 우글우글한 데를 지나야 한다 카든데……."

"악어쯤이야. 우릴 물라카믄 내가 입을 찢어버릴란다. 예까지 왔는데 악어한테 물려 죽으믄 너무 억울하지 않갔소."

다들 맞아 맞아, 라고 하며 긴 막대기를 주워서 쫓아버리자고 했다.

다음 날 악어 떼가 유유히 떠다는 강물을 건넜다. 우리가 탄 배 옆으로 악어가 입을 벌리고 따라왔다. 하이에나처럼 쫓아와서 사람들을 찾아내는 중국 공안에 비하면 악어는 아무것도 아니라는 얘기를 들어서인지 별로 무섭지 않았다. 숲을 통과할 때 뱀이 스스륵 지나가면 아줌마들이 저거 잡아 구워먹을까, 라고 말해 깜짝 놀라기도 했다. 태국에 도착했을 때는 빨리 경찰에 잡혀야 한다며 일부러 사람들이 잘 보이는 곳에 모두 모여 있었다. 몇 달 동안 고생하고 온 우리들의 몰골은 눈 뜨고 보기 힘들 정도였다.

"경찰에 잽히믄 우짜지?"

내가 걱정을 하자 옆에 있던 아줌마가 말했다.

"갱찰에 잡혀 있으믄 한국 대사관하고 연결이 되어서 남한에 가게 되는 기다. 걱정하지 마라. 다 알고 하는 기다."

그래도 마음이 놓이지 않았다. 우리는 바라던 대로 경찰에 잡혔고 아줌마들과 아기들, 그리고 나까지 일곱 명이 태국 감옥에 갇혔다. 아줌마들은 이제는 안심이 된다고 다들 좋아했다. 하지만 나는 도마뱀이 무섭고 징그러워 잠을 잘 수가 없었다. 누워 있는데 얼굴에 도마뱀이 툭 떨어져 소리를 지른 적도 있다.

중국에서 출발하여 근 석 달 만에 한국에 도착했다. 아줌마들이 당했다는 무시무시한 일을 겪지 않은 것만 해도 다행이라는 생각이 들었다. 그 길었던 여정을 생각하면 지금도 등골이 서늘하다.

그런데 정작 한국에 들어와서 악몽에 시달리게 되었다. 아줌마들에게 들은 얘기가 내게 일어나는 꿈을 꾸다가 소리를 지르기 일쑤였다. 중국 남자가 나를 잡으러 쫓아오고, 나를 누군가가 끌고 가기도 하고, 똥물을 먹는 꿈을 꾸다가 구역질을 하기도 했다. 자기 전에 방에 도마뱀이 있나 살펴보는 버릇도 생겼다.

횟수가 줄긴 했지만 요즘도 악몽을 꾼다. 할머니와 아버지가 보고 싶을 때마다 어쩔 수 없이 북한 생각을 하고, 탈출 과정과 미나 생각을 하다가 아줌마들이 했던 얘기가 떠오르면 그날 밤은 영락없이 악몽을 꾼다. 더 이상 악몽을 꾸고 싶지 않지만 아직은 잘 되지 않는다.

오늘밤은 할머니와 아버지와 장마당에 나가 두부밥 사먹고 옷을 사던 날 꿈을 꾸고 싶다. 오랜만에 환하게 웃었던 그날.

높은 산을 넘다

한 달이 빠르게 지나갔다. 하루하루가 어떻게 가는지 모를 정도로 긴장의 연속이다. 여전히 나는 우리 반 아이들과 말을 하지 않고, 민혁이 묻는 말에 겨우 대답만 하는 정도다. 민혁은 그런 나에게 독하다면서 독송이라고 부르곤 했다. 그래도 미소와 셋이서 떡볶이를 사먹은 적도 있을 정도니 꽤 친해진 셈이다.

채송화학교 아이들과는 허물이 없어졌다. 이사장님과 함께 두 번의 나들이를 하면서 우리는 더 단단해졌다. 놀이동산에 갔을 땐 어떻게 이런 곳을 만들어놓았는지 신기하기만 했다. 미소네 집에서 본 코스프레 옷을 입은 언니 오빠들이 행진을 했다. 별별 놀이기구가 다 있었다. 이사장님은 처음이라 어지러울 수 있다며 회전목마와 회전바구니, 월드모노레일같이 무섭지 않으면서 다 함께 타는 걸 선택했다. 그중에서도 어린이 범퍼카가 가장 재미있었다.

또 한 번은 공동경비구역(JSA)과 땅굴을 구경하러 갔다. 재잘재잘 떠들던 아이들이 점점 휴전선이 가까워지니 말이 없어졌다. 채송화학교 아이들의 마음에도 자기만의 상처가 있는 게 분명했다. 땅굴은 너무 깊어서 저학년 아이들은 들어가지 않았다. 물이 질척이는 땅굴 깊숙이 들어갔다 나오면서, 싸늘한 냉기가 감도는 공동경비구역을 다녀오면서, 많은 생각을 했다. 남한에 쳐들어오기 위한 땅굴을 파기보다 공동경비구역 탁자에서 대화하는 게 더 나았을 텐데. 공화국 사람들은 왜 쉬운 길을 놔두고 일을 힘들게 만들까. 두더지처럼 땅굴을 파봐야 들키고 말 텐데, 왜 그런 바보 같은 짓을 할까.

놀이동산에 다녀올 때는 모두들 얼굴이 빨갛게 상기되어 재잘재잘 떠들었는데 공동경비구역에 갔다 올 때는 다들 말이 없었다. 남쪽 병사와 북쪽 병사가 마주 보고 서 있는 시멘트 금만 넘으면 북쪽이라는 사실에 깜짝 놀랐다. 저렇게 가까운 길을 두고 다른 나라를 떠돌다 결국 죽는 사람이 부지기수라니, 가슴이 꽉 막혀 말이 나오지 않았다.

이런저런 생각에 시달리다가 겨우 눈을 붙였는데 여지없이 악몽을 꾸다가 잠이 깼다. 다시 잠자리에 들려고 뒤척이는데 복도에서 다급한 발자국 소리가 들렸다. 무슨 일일까. 밖에 나가 보니 119대원이 축 늘어진 호야를 안고 급하게 옮기는 중이었다.

그 뒤를 교장 선생님이 따라가고 있었다. 몇몇 아이들도 잠이 깨어 복도로 나왔다.

"무슨 일이야?"

내가 놀라서 묻는 사이 119대원과 교장 선생님이 계단을 내려갔고 곧 차가 떠나는 소리가 들렸다.

"호야가 어제 나갔다 와서 얼굴이 하얗게 질려 있더니 자다가 헛소리하고 토하고 그러다가 기절했대."

설명하는 금옥의 얼굴이 점점 어두워졌다. 모두들 말없이 자기 방으로 돌아갔다. 침대에 누웠는데 잠이 오지 않았다. 한국에 온 지 얼마 안 된 어린 호야가 큰 충격을 받은 듯했다.

결국 더 이상 잠을 못 자고 뜬눈으로 새운 뒤 식당에 가서 주방장님을 도왔다. 교장 선생님이 힘없이 들어왔다.

"호야는 어떻게 됐어요?"

주방장님이 묻자 교장 선생님이 의자에 털썩 주저앉았다.

"좀 괜찮아져서 안정을 취하고 있어요. 호야 엄마가 병원에 오셔서 간호하고 있는데 이틀쯤 입원했다가 그냥 집으로 가야 할 거 같아요. 애가 충격으로 공포감이 있는 데다 아직 너무 어려서 공부보다는 엄마랑 함께 지내는 게 나을 거 같아요."

"북에서 나올 때 다들 고생을 심하게 했다고 하던데, 그래도 애들은 좀 충격이 덜한 거 같더니 얼마나 무서운 일을 당했기에……."

주방장님의 말에 교장 선생님이 한숨만 쉬었다.

그날 학교 갔다 와서 호야가 받은 충격에 대해 들을 수 있었다. 호야가 함께 방을 쓰는 혁수에게 계속 무섭다는 말을 했다는 것이다.

"판문점에 갔을 때 인민군이 건너편에 서 있었잖아. 그때부터 애가 하얗게 질렸어. 호야가 남쪽으로 오기 전에 동네에서 총살하는 걸 봤대. 네 사람을 나무에 묶어놓고 총살했는데 그때 호야는 맨 앞에 앉아 있었대. 온 동네 사람들을 다 나오게 해서 애들은 앞에 앉고 어른들은 뒤에 서게 해놓고 총으로 사람을 쏴서 죽이는 걸 보게 했대. 잘못하면 이렇게 되니까 조심하라고. 호야가 그날 그거 보고 며칠 동안 잠도 못 자고 그랬대. 그런 줄도 모르고……. 어제 인민군을 보고 와서 얼마나 두려웠을까. 계속 토하고 자다가 소리 지르고 하더니 그렇게 된 거야."

혁수의 말에 진애도 처형 현장에 간 적이 있다고 했다. 인민군이 총을 쏠 때 눈을 감고 있었고, 총살당한 모습을 보지 않으려고 고개 숙인 채 돌아왔지만 지금도 큰 소리가 나면 깜짝깜짝 놀란다고 했다.

"밀수도 하고 남한 비디오도 보고 교회 성경책도 갖고 있었대. 그래서 총살당했다고 했어. 총 맞는 거 봐야 애들도 경각심을 갖는다고 맨 앞에 앉히는 거래."

진애의 얼굴이 점점 더 하얗게 되었다.

"진애야, 이제 그때 생각은 잊어버려. 이제 좋은 생각만 해."

진애를 가만히 안아주었다. 나도 떨렸지만 다들 동생이어서 내가 용기를 내야 했다. 좋은 생각만 하자고 했지만 모두들 어두운 얼굴로 자기 방으로 돌아갔다.

동생들 앞에서 내색은 하지 않았지만 가슴이 쿵쿵 뛰었다. 늘 밝아 보이던 아이들의 가슴에 그런 깊은 상처가 있었다니. 모두들 속히 마음의 상처를 씻고 밝게 살았으면 좋겠다. 내가 더 씩씩해져서 동생들을 돌봐야겠다는 각오가 새로워졌다. 하지만 가슴이 진정이 안 되고 계속 두근두근했다. 우리 동네에서도 총살형을 집행한다는 얘기를 들었고, 그날

나는 집 안에 숨어 있었다. 멀리서 탕탕 총소리가 들렸지만 직접 눈으로 본 게 아니어서 실감이 나지 않았는데 아이들 말을 들으니 식은땀이 흘렀다. 호야가 떠난 뒤 두 명의 아이가 새로 채송화학교에 들어왔다. 저마다 가슴속에 시린 사연을 안고 있지만 서로 묻지 않았다.

캐빈 선생님과 함께 영어 노래를 10곡이나 외웠다. 대개 짧은 동요였는데 캐빈 선생님이 나에게 잘 어울릴 거라며 가르쳐준 수전 잭슨의 〈에버그린〉이 마음에 꼭 들었다.

"But when it's evergreen, evergreen(하지만 사랑이 언제까지나 푸르고 푸르다면), It will last through the summer and winter, too(여름을 지나 겨울이 와도), When love is evergreen, evergreen(싱그럽게 피어 있겠죠), Like my love for you(그대를 향한 나의 사랑처럼)."

이 부분은 아무리 불러도 질리지 않았다. 영어 노래를 자꾸 부르니 정말 영어가 쉽게 이해되었다.

수학도 벌써 500문제나 풀었다. 이제 분수, 집합, 이차방정식은 다 풀 수 있게 되었다. 민준희 선생님은 내가 굉장히 빨리 따라와서 기분 좋다고 했다. 전식 오빠는 수학이 어려운데 어떻게 그렇게 잘하느냐며 부러워했다. 자꾸만 칭찬을 들으니 점점 더 열심히 하게 되었다.

민 선생님은 올 때마다 나한테 선물을 주었다. 엄마가 이 것저것 사주지만 북에서 온 나이 많은 엄마는 결코 알 수 없는 것들이 있다. 손톱 주변에 일어나는 손거스러미를 제거할 수 있는 작은 가위와 손톱 영양제를 받고는 감격하고 말았다. 늘 손톱에 거스러미가 일고 가시가 돋아 그거 뜯다가 피를 흘리곤 했는데 깔끔하게 제거할 수 있게 되었다.

"여자는 가꿔야 돼. 손가락까지도. 성형해서 똑같아지라는 게 아냐. 자신을 예쁘고 깔끔하게 가꾸고 자신만의 개성을 살리는 게 중요해."

에나멜 화장품 파우치, 녹색 나무가 그려진 에코백, 곰돌이 슬리퍼 등등 예쁜 소품들을 매번 들고 왔다. 물론 선물 이름과 용도도 민 선생님이 다 가르쳐주어 알았지만. 나는 어떤 선물을 할까 계속 고민 중이다. 선생님이 깜짝 놀랄 만한 선물을 꼭 하고 싶다.

밤늦게까지 공부한 날은 아침에 일어나기가 쉽지 않았지만 매일 일찍 일어나 주방장님을 도왔다. 내가 감사하게 생각하고 있다는 걸 알리고 싶어서였다.

주말에 집에 갔다가 돌아올 때 엄마가 싸준 두부밥을 교장 선생님과 주방장님에게 대접한 적도 있다. 모두 맛있다며 엄마 솜씨가 좋다고 했다. 공부와 사람 대하는 일에 조금 자신감이 생겨 다행이다.

4월 1일. 나에게 정말 기억하고 싶지 않은 일이 일어났다. 사회시간에 선생님이 책읽기를 시켰는데 하필이면 우리 줄이 지목되었다.

"이 부분은 외우는 것 외에 방법이 없는데 친구들이 읽는 걸 잘 들으면서 아예 외워버려. 기억력 좋은 애들은 각각의 톤을 떠올리면 나중에 저절로 내용이 생각날 거야. 내가 중학교 때 우리 사회 선생님이 이렇게 가르치셨는데 효과가 만점이었어. 자, 한번 실험해 보자."

선생님 말씀에 앞에 앉은 아이부터 책을 읽기 시작했다. 다들 아나운서 못지않게 똑똑 부러지게 잘도 읽었다. 가슴이 쿵쾅거렸다. 두 마디 이상 해본 적이 없는 내가 책을 열 줄이나 읽어야 하다니. 결국 내 차례가 왔다. 바짝 긴장을 하고 책을 읽었다. 내가 읽기 시작하자 선생님이 목소리가 작으니 좀 더 크게 하라고 했다. 하는 수 없이 조금 크게 읽자 뒤에서 키득키득 웃는 소리가 났다.

야, 북한 방송 같지 않냐? 웅변하냐? 연변에서 온 건가? 한송이 부분은 나중에 확실히 기억나겠어, 하고 아이들이 수

군거리기 시작했다.

"뒤에 조용히 해라."

선생님이 통로를 왔다 갔다 하며 책상을 땅땅 치자 그제야 조용해지긴 했지만 이미 눈앞에 아무것도 보이지 않았다. 잠깐 멈추었다가 다시 읽어나가는데 목소리가 형편없이 떨렸다. 선생님이 다음, 이라고 해서 겨우 뒷자리로 넘어갔다. 남은 수업시간 내내 선생님 목소리가 하나도 들리지 않았다. 종이 울리고 선생님이 나가자 아이들이 내 주변으로 몰려들었다.

"야, 한송이, 너 혹시 북한에서 왔니? 아니면 조선족? 그래서 그동안 말을 안 한 거야?"

"하도 말을 안 해서 벙어린가 했는데 잘만 읽더라. 말투는 웃겼지만."

"너 어디서 왔냐니까? 북한? 간첩 아냐?"

"아, 탈북자. 탈북자구나. 어쩐지 촌스럽더라."

"아닐지도 모르잖아."

"탈북자라고 해도 부인을 안 하잖아. 탈북자가 분명해."

아이들이 몰려들어 손가락질을 하며 떠들자 정신이 하나도 없었다. 그래 맞아 나 탈북자야, 라고 하면 되는데 그 말이 나오지 않고 어지럽기만 했다.

"북한 짜증나. 천안함도 침몰시키고 연평도에 미사일도 쏘고. 무서워."

"땅굴도 파고 핵폭탄도 있다며?"

"핵 터지면 끝장이야."

"통일되어도 문제래. 우리가 돈을 다 대줘야 한대. 북한은 다 거지라며. 아 재수 없어."

"아빠들이 낸 세금으로 북한에서 온 사람들 집도 주고 그런다던데. 아까워."

눈물이 툭 떨어졌다. 아이들이 이렇게 생각할 줄은 정말 몰랐다. 눈물이 줄줄 흘렀다. 결국 엎드려서 어깨를 들썩이며 울고 말았다.

"야, 한송이가 탈북자여서 너네들한테 잘못한 거 있어? 탈북자가 죄인이야?"

민혁이 소리를 꽥 질렀다.

"오, 김민혁, 니가 한송이 대변인이야? 한송이랑 사귀는 거 맞군."

"미소 끼워서 셋이 놀던데, 그거 다 위장이었어? 한송이 지키려고?"

"연습생이 벌써부터 애인 있다고 소문나면 안 좋을 텐데."

"그 많은 여학생들 사랑을 혼자 독차지해 놓고 이제 한송이만 택하겠다 이거냐?"

"탈북자를 싸고도는 이유가 뭐야? 혹시 너도 탈북자냐?"

남자애들이 빙글빙글 웃으며 민혁을 놀리기 시작했다.

"그래, 나도 탈북자다. 목숨을 걸고 자유를 찾아온 게 잘못이니?"

민혁의 말에 떠들던 아이들이 일시에 조용해졌다. 특히 여자애들은 어머 어머, 라며 비명을 질렀다.

그때 시작종이 울렸다. 눈물을 닦고 고개를 들자 아이들이 슬슬 자기 자리로 돌아갔다. 김수지 선생님은 평소와 달리 교실이 쥐 죽은 듯이 고요하자 의아한 표정을 지었다.

"무슨 일이야? 너무 조용하잖아."

선생님의 질문에 아무도 대답하지 않았다. 모두들 민혁이 탈북자라고 해서 놀란 듯했다. 나 역시 너무 놀랐다. 혹시 나를 구하려고 일부러 그런 말을 한 건가? 슬쩍 쳐다보니 민혁의 표정이 복잡했다. 예의 장난스런 모습은 하나도 없었다. 민혁의 말이 사실인 듯했다. 민혁이 탈북자일 줄은 꿈에도 몰랐는데. 나 때문에 그 사실이 밝혀진 게 너무 미안했다.

아이들이 아무 말도 하지 않자 선생님이 다시 한 번 무슨 일이냐고 물었고 미소가 앞으로 나갔다. 우리 둘을 위해 자기가 나서야겠다고 생각한 듯하다. 미소가 작은 소리로 선생님에게 자초지종을 설명했다. 미소의 얘기를 듣고 상황을 파악한 선생님이 말문을 열었다.

"선생님도 고민을 많이 했다. 송이에 대해 미리 말하는 게 나을지, 그냥 조용히 있는 게 나을지. 여러분이 감정 기복이 심한 사춘기라 자칫하면 놀릴 수도 있다고 생각해서 밝히지 못했어. 이 학기쯤에 다들 친해지면 그때 좋은 자리를 만들어서 밝히려고 했다. 그런데 내가 잘못 생각한 거 같아. 송이는 몇 달 전에 우리나라에 온 왕초보 한국인이야. 여러분이 도와주어야지 따돌리고 놀리면 어떡해. 꼭 행동으로 돕지 않아도 돼. 마음으로 응원해도 힘이 되니까. 송이가 잘하고 있으니 조용히 지켜봐줘, 알겠니?"

아이들은 힘없이 네, 라고 답했다. 다들 나보다 민혁 때문에 놀란 듯했다.

"민혁이가 탈북자라는 건 나도 처음 들었는데, 김민혁 정말이야?"

"맞습니다. 선생님, 제가 앞에 나가서 얘기를 좀 해도 될까요?"

"그러려무나."

민혁의 표정이 비장했다.

"나는 초등학교 삼 학년 때 한국에 왔어. 사실 너무 오래 돼서 우리 가족이 북한에서 왔다는 사실도 잊어버릴 지경이야. 내가 북한에서 살았던 기억이 삼 개월 정도밖에 안 돼서 그렇기도 하지만. 평양에서 태어나 내가 다섯 살 때 온 가족이 중국 북경으로 갔기 때문에 어릴 때 기억이 별로 없어. 우리 아빠는 북경에서 무역을 했고 북한으로 많은 돈을 보냈대. 외화벌이라는 거야. 북경에서 나는 국제학교에 다녔어. 우리 집에 일본 닛산 자동차가 세 대나 있었어. 아빠, 엄마가 하나씩 몰고 다니고 우리를 태워서 학교에 보내주는 기사가 한 대를 운전했지."

아이들은 민혁의 얘기를 주의 깊게 듣고 있었다. 같은 탈북자여도 나와 정말 다른 삶을 살았다. 설마 민혁 다음에 내가 발표해야 하는 건 아니겠지? 가난한 집에서 하루에 두 끼도 겨우 먹었다는 걸 말하고 싶진 않으니까.

"내가 초등학교 삼 학년 때 공화국에서 우리 가족을 평양으로 소환했어. 평양으로 돌아가 아파트에서 살고 있었는데 한 달도 안 되어서 모든 걸 빼앗기고 갑자기 시골로 추방되었어. 한 칸짜리 방에서 부모님이랑 나랑 동생이 같이 살았는데, 얼마나 힘들었는지 몰라. 먹을 것도 없고 옷도 입고 간 거 한 벌밖에 없었어. 너희들은 상상도 못 할 거야."

언제나 밝기만 하던 민혁의 얼굴이 어두워졌다. 아이들도 모두 숙연한 표정이다.

"사실 나는 북한이 잘사는 나라라고 생각했는데 시골로 쫓겨 가서 분명히 알게 되었어. 평양 외 나머지 지역은 전기도 잘 안 들어오고 집도 형편없어. 정말 가난해. 우리가 왜 쫓겨 갔냐면 북한으로 돌아가기 전 사업 때문에 알게 된 남한 사람들하고 아버지가 식사를 한 것 때문이래. 사람들이 섭섭하다고 송별 파티를 하자고 해서 함께 밥을 먹은 것뿐인데 그걸 트집 잡아서 그랬대. 자본주의 물이 들었다면서. 더 이상 아빠가 쓸모없으니까 그런 핑계를 대서 우리를 추방한 거지. 북한은 그런 나라야. 한국에서는 억울하면 재판도 하고, 데모도 하고 그러잖아. 북한은 하루아침에 쥐도 새도 모르게 어디로 보내버려. 그냥 사람들 보는 앞에서 총살을 하기도 해. 우리 가족이 수용소로 끌려가지 않은 게 다행이지. 수용소로 끌려가면 인간 이하의 취급을 받다가 죽는 사람이 많거든."

애들은 무섭다 떨린다, 라며 웅성거렸다.

"엄마가 북경에 있을 때 마련한 금붙이를 꼭꼭 숨겨 갖고 있었는데 그걸로 보위부 사람들을 구워삶아 북경에서 사업할 때 알았던 사람들에게 어렵게 연락하고, 그분들이 도와주어서 극적으로 북한을 탈출해 한국으로 온 거야. 시골로 추방되었을 때 나는 죽음의 공포가 어떤 건지 똑똑히 알았어. 몇 달 동안 시골에서 제대로 먹지도 못하고, 추워지는데 옷이 없어서 덜덜 떨며 지냈어. 아마 그때 탈출하지 않았으면 겨울에 우리 가족은 모두 얼어 죽었을 거야. 그때를 생각하면 지금도 끔찍해."

유명 기획사 연습생으로 늘 밝고 명랑하기만 하던 민혁이 그런 고생을 했다는 게 믿기지 않았다. 어릴 때부터 가난에 길들여진 우리는 고생을 당연하게 여겼지만 민혁의 가족은 힘들었을 것 같다.

"아까 누가 통일되면 남쪽이 돈을 다 대야 한다며 재수 없다고 했지만, 우리 아빠 말은 통일이 되어야 우리나라 경제 규모가 커지고 중국, 일본과도 당당히 대결할 수 있대. 탈북자들이 처음에 너희 아빠들이 낸 세금으로 도움을 받는 건 맞아. 고마운 일이지. 하지만 탈북자들이 나중에 통일이 되었을 때 큰 역할을 하게 된댔어."

민혁의 얘기에 선생님이 박수를 보냈다. 아이들도 덩달아 손뼉을 쳤다. 민혁이 인사를 하고 자리로 돌아왔다. 나를 보며 민혁이 눈을 찡긋했다. 나와 완전히 다른 환경이었지만 같은 북한 출신이라니 마음이 통하는 것 같다.

"김민혁, 나중에 국회의원 나가도 되겠어. 아주 말을 조리

있게 잘하네. 야, 우리 반은 아주 국제적이야. 북한에서 온 친구가 둘이나 되고. 여러분, 한국전쟁으로 남북이 갈라졌지만 북한도 우리나라예요. 통일을 해서 어서 한 나라가 되어야겠죠. 아까 민혁이도 얘기했지만 하루아침에 사람을 마음대로 추방하고 국민이 굶어도 제대로 돌보지 못하는 나라가 북한이에요. 북한 정권은 대항해야 하지만 북한 주민은 우리가 도와주어야 할 대상이에요. 북한을 탈출한 용감한 사람들은 우리가 돕고 용기를 주어야 해요. 알았죠?"

모두들 네! 하고 큰 소리로 답했다. 쉬는 시간이 되자 아이들이 우리 자리로 몰려왔다.

"와, 몰랐어. 민혁이가 얘기할 때 감동 먹었어."

"민혁이를 국회로!"

"안 돼. 민혁이는 아이돌이 되어야 해."

"야, 한송이. 이제 다 알았으니까 마음 놓고 말해."

모두들 한마디씩 했다.

"고마워. 사실 내가 요즘 연습생을 쉬고 있는 건 혹시 내가 가수가 되면 우리 집안 얘기를 해야 할지도 모르는데 그게 싫어서였어. 괜히 옛날 얘기가 드러나는 게 싫고, 솔직히 부끄러운 생각도 있었거든. 근데 오늘 너희들 앞에서 다 얘기하고 나니 용기가 생겼어. 다시 연습생으로 들어가야겠어."

민혁의 말에 여학생들이 손뼉을 짝짝 쳤다.

"야, 김민혁, 걱정 마. 나중에 데뷔했을 때 누가 악플 달면 우리가 다 무찔러줄 테니까."

송진우의 말에 모두들 맞아 맞아, 를 외쳤다.

"야, 한송이. 남남북녀라던데 북한 여자애들 정말 그렇게 예쁘냐?"

송진우가 나에게 질문했다. 아이들 앞에서 한 번도 말을 해본 적이 없어 얼굴이 빨개졌다.

"한송이, 말을 해. 이제 용기를 내."

민혁의 재촉에 입을 열었다.

"내가 보기에는 너희들이 훨씬 예쁘다. 얼굴도 하얗고, 키도 크고. 북한 애들은 못 먹어서 키도 작고 농장에 나가서 일하느라 얼굴도 까맣게 그을었다. 너희들이 훨씬 예쁘다. 남자든 여자든."

"고뤠에?"

송진우의 대꾸에 모두들 하하 웃었다. 내가 아이들 앞에서 그렇게 길게 말했다는 게 놀라웠다. 가슴이 툭 터지는 기분이었다.

"북남북녀가 맞을지도 모르겠는걸. 민혁이도 잘생겼지, 송이도 예쁘지."

미소의 말에 정말 그런 것 같아, 라며 다들 맞장구를 쳤다. 김수지 선생님이 복도에서 유리창 너머로 브이를 그려주었다. 높은 산을 넘은 기분이다. 휴, 안도의 한숨이 나왔다.

들뜬 교장 선생님

 채송화학교에서의 화제도 온통 오늘 학교에서 있었던 사건 얘기였다. 김수지 선생님은 내가 먼저 그 얘기를 꺼내는 걸 보고 흐뭇한 표정을 지었다. 이제 더 이상 위축되지 않고 마음을 활짝 펴야겠다고 결심했다. 교장 선생님은 학교 아이들에게 나를 알린 건 잘된 일이라고 했다.
 "송이 친구들을 채송화학교로 다 초대해야겠어. 유기농채소와 제육볶음으로 파티를 하자. 한송이, 아이들을 초대해."
 김수지 선생님도 좋은 아이디어라고 말했다.
 "아, 좋은 생각이네요. 채송화학교 유기농채소는 정말 신선하고 맛있어요. 주방장님이 매번 싸주셔서 아침에도 든든하게 먹고 있답니다."

교장 선생님은 김수지 선생님이 아이들을 가르쳐주는데 겨우 채소만 대접해서 미안하다고 했다. 교장 선생님과 김수지 선생님이 활짝 웃는 걸 본 아이들이 갑자기 손뼉을 치며 합창을 했다.

"사귀어요! 사귀어요! 사귀어요!"

교장 선생님은 이놈들이, 라며 애들을 쫓는 시늉을 했고 김수지 선생님은 입을 가리고 웃었다. 두 분이 정말 사귀면 좋겠다.

김수지 선생님을 배웅하고 돌아오면서, 그제야 국어시간에 책읽기를 시키지 않은 사실을 깨달았다. 선생님은 내가 아이들 앞에서 책을 읽다가 창피당할까 봐 아예 책읽기를 시키지 않은 것이다. 고마운 선생님. 이제 국어시간에 책읽기를 시키면 누구보다 큰 소리를 읽어야겠다.

다음 날 조례 때 내가 손을 들었다. 선생님이 의아한 표정을 지었다.

"한송이, 무슨 할 말 있어?"

내가 고개를 끄덕이자 아이들이 오우, 하며 놀라움을 표했다. 아이들이 물어도 대답하지 않던 내가 갑자기 손까지 들고 말을 하겠다니.

"한송이 앞으로 나와."

선생님도 흐뭇한 표정을 지었다.

"어제 모두들 나를 따뜻하게 맞아줘서 고마워. 나는 엄마와 둘이 나라에서 마련해 준 임대 아파트에 살아. 작지만 북한에서 살 때와 비교하면 궁전이나 다름없어. 너희들은 지금 얼마나 좋은 환경에서 살고 있는지 잘 모를 거야. 북한은 너희들이 상상하는 것보다 훨씬 못살아. 나는 한국에 잘 적응하기 위해 집이 아닌 채송화학교라는 곳에서 생활하고 있어. 탈북 청소년과 어린이들을 위해 설립한 곳인데 김수지 선생님도 방과 후에 채송화학교에 와서 가르쳐주셔."

친구들이 와 대단해요, 선생님 짱이에요, 라며 환성을 질렀다.

"미국 유학생 오빠, 서울대생 언니도 와서 영어와 수학을 가르쳐주셔. 채송화학교에서 밤 아홉 시까지 그 선생님들하고 열심히 공부하고 있으니까 너희들 긴장해."

내가 농담을 하자 아이들이 어 무셔 떨려, 라며 호응해 주었다. 내가 아이들 앞에서 이렇게 너스레까지 떨다니 나 자신이 신기할 지경이다.

"말이 길어졌는데, 채송화학교 교장 선생님이 너희들을

초대하셨어. 우리 채송화학교에서 유기농채소와 제육볶음을 대접하신댔어. 꼭 와줘."

내가 인사를 하고 들어오자 아이들이 손뼉을 쳤다.

"선생님 4월 5일이면 학교 나무도 돌보고 학교 뒷산에 나무도 심는데 그날 다 같이 채송화학교에 가면 안 될까요? 거기 가서 나무 심고 청소하면 좋을 것 같아요. 학교는 다른 반 애들에게 맡기고요."

진우의 말에 아이들이 또다시 손뼉을 쳤다.

"좋아, 그렇게 하자. 잘됐네. 채송화학교 뒷마당을 좀 가꿔야 하는데 여러분이 가면 도움이 될 거야. 그럼 4월 5일에 채송화학교로 모이도록. 학교 앞에서 가는 버스 있으니까."

아이들이 환호하며 좋아했다. 미소가 벌떡 일어났다.

"우리 동네에 미리 신청을 하면 빌려주는 버스가 있어요. 그거

제가 오늘 신청할게요."

"오 그래, 그럼 4월 5일에 다 같이 타고 가면 좋겠다. 뭔가 일이 착착 진행되는걸. 좋아."

다 같이 손뼉을 치고 4월 5일에 채송화학교로 가기로 했다. 내가 자리로 돌아오자 민혁이 엄지손가락을 치켜들었다.

"뭐 북한 말투 별로 표시 안 나던데."

"고마워."

진우가 뒤로 돌아보며 참견을 했다.

"둘이 그러다 진짜 사귀겠다."

미소가 깜짝 놀라서 쳐다볼 때 우리 둘 다 아냐, 라고 소리쳤고 김수지 선생님이 회초리로 탁자를 딱딱 쳤다.

"수업 시작했다. 잡담 그만해라. 넷이 복도에 나가 벌서고 싶어?"

선생님이 일부러 엄격한 목소리로 말하자 아이들이 벌줘요 벌줘요, 라며 여기저기서 외쳤다. 어제까지만 해도 나만 겉도는 것 같았는데 이젠 나도 아이들과 하나가 되었다.

채송화학교 교장 선생님은 우리 반 친구들이 온다는 얘기를 듣고는 흥분해서 아이들을 모두 불러 모았다.

"너희들 그날 학교 갔다가 일찍 돌아와. 그래서 언니 오빠들 앞에서 공연을 보여주자. 너희도 김수지 선생님 제자들이니 고마움을 표시하자는 거지."

아이들도 좋아했다.

"며칠 안 남았으니까 오늘부터 연습하자."

교장 선생님 말씀이 끝나자 모두들 뭘 할 건지 궁리하느라 바빴다. 나도 우리 반 아이들 앞에서 뭔가를 보여주고 싶었다. 오랫동안 하지 않았지만 연습하면 아코디언을 연주할 수 있을 것 같았다. 저학년 아이들은 합창을 하고 금옥은 무용, 나는 아코디언 연주를 하기로 했다. 다행히 몇 번 연습하니 예전 실력이 되살아났다. 우리 집이 아닌 채송화학교지만 친구들을 초대한다니 기쁘기 그지없다.

4월 5일, 채송화학교 마당에 버스가 서자 친구들이 내렸다. 채송화학교 친구들이 한 줄로 서서 맞아주었다. 친구들은 쑥스러운지 머리를 긁적였다. 버스 옆면에 '학교법인 화문'이라는 글씨가 박혀 있었다. 미소가 동네에서 차를 빌린다더니 아빠 학교 차를 동원한 모양이다.

"너네 아빠 학교 차 아냐?"

"조용히 해. 아이들은 우리 아빠가 뭐 하시는지 잘 몰라."

미소가 손가락을 입술에 갖다 댔다. 미소가 비닐봉지를

쑥 내밀었다.

"오늘 먹을 간식. 채송화학교 아이들 몇 명이야? 한 열 개 더 만들어왔는데."

그러고 보니 친구들도 간식 보따리를 하나씩 들고 있었다. 오렌지주스, 초콜릿, 사탕, 비스킷, 생수가 들어 있었다.

"어제 마트에서 사와서 메이드 아줌마랑 직접 포장했어.

재미있었어."

미소의 따뜻한 마음이 가득 전해졌다.

"참, 엄마한테 내가 네 얘기 다 했어. 엄마가 미안하다고 했어. 사정을 잘 모르고 너한테 그렇게 대했다고. 우리 엄마가 너 우리 집에 또 놀러 오라고 했어."

미소가 그렇게 말했지만 여전히 미소 엄마는 두렵다.

친구들은 교장 선생님의 지휘 아래 뒷마당을 평평하게 만들고 나무를 심었다. 한쪽에는 예쁜 돌을 두르고 꽃밭을 만들어 각종 꽃씨를 심느라 바빴다. 나는 미소와 함께 쌈 채소를 한 소쿠리 뜯어서 씻었다. 주방장님은 최고로 맛있는 요리를 하겠다며 제육볶음과 잡채를 만드느라 바빴다.

엄마는 집에서 두부밥을 잔뜩 해가지고 채송화학교를 방문했다. 엄마와 문자 메시지를 주고받을 때 우리 반 애들이 온다고 했더니 예고도 없이 찾아온 것이다. 주방장님은 뭔가 좀 부족한 듯했는데 잘됐다며 고마워했다. 김수지 선생님은 두부밥을 먹어보더니 눈을 동그랗게 떴다.

"아, 이거 참 담백하고 맛있네요."

"북한 장마당에서 파는 건데, 만들기도 간단하고 쉬워요. 다들 좋아하는 거죠."

엄마가 와서 도움이 된 게 아주 기뻤다.

 교장 선생님과 김수지 선생님이 한편에 서서 얘기를 나누며 아이들을 흐뭇한 표정으로 바라봤다. 금옥의 말대로 정말 잘 어울리는 한 쌍이다.
 식당이 비좁아서 도서관에도 식사를 차렸다. 모두들 정말 맛있게 먹었다.
 "와, 진짜 꿀맛이다. 한송이, 너 매일 이렇게 먹으면 살찔 텐데."

민혁의 말에 다들 맞아 맞아, 라고 맞장구를 쳤다.

"그렇게 맛있게 먹어주니 고맙다야. 마이들 먹어라."

나도 모르게 북한말로 응수하자 친구들이 킥킥 웃었다.

식사가 끝난 뒤 채송화학교 앞마당에서 작은 연주회가 열렸다. 우리 반 친구들 앞에서 채송화학교 아이들이 합창을 하고, 금옥은 춤을 보여주었다. 나는 아코디언으로 〈반갑습니다〉를 연주했다. 두 번 살짝 틀리긴 했지만 끝까지 연주를 했다. 친구들이 크게 박수를 보내줬다.

"오 월에 있는 개교기념일 합주대회 때 송이가 아코디언 연주를 하면 우리가 일등하겠어. 다른 반은 아코디언 연주하는 애 없을걸?"

진우의 말에 모두들 동의했다. 교장 선생님은 더 열심히 연습을 시켜 꼭 일등으로 만들겠다고 큰소리쳤다.

친구들이 돌아갈 때 채송화학교 아이들과 나는 버스가 보이지 않을 때까지 손을 흔들었다. 정말 멋진 하루였다. 이제 더 이상 친구들과의 거리감은 없다.

좋은 꿈만 꿔!

 엄마는 내가 밝아졌다며 함박웃음을 지었다. 얼굴에 그늘이 져 있었는데 환해졌다며. 내가 그동안 학교에서 있었던 일을 얘기했더니 엄마는 몹시 기뻐했다.
 "사실 니 의사와 상관없이 한국으로 부르고 늘 조마조마했다. 적응을 못 해서 비뚤어진 애들도 간혹 있기 때문에. 북에서 온 애들 가운데 잘된 친구도 많지만 남한 사회가 워낙 경쟁이 심해 적응을 못 하는 친구들도 있어야. 우리 딸은 잘해 낼 줄 알았지만 이렇게 빨리 적응할 줄은 몰랐다. 고맙다."
 "내가 더 고맙지. 주변에 좋은 사람들이 많아서 그래요. 다들 고마운 분들이에요."

내 머리를 쓰다듬어 주던 엄마의 눈시울이 붉어졌다. 나도 눈물이 나와 슬쩍 고개를 돌렸다.

"밤에 잘 때 악몽 꾸는 건 어때. 그건 괜찮나?"

"그것도 좀 줄었어요. 근데 요즘은 자꾸 그 꼬마가 생각나요. 미나는 어떻게 되었나 걱정되고."

"꼬마는 누구고 미나는 또 누구냐?"

함께 다니다 미나가 사라진 이후 겨우 마음을 다독이고 있을 때 중간에 합류한 진이 엄마 얘기를 듣고는 가슴이 휑 뚫리는 것 같았다. 혼자 탈출하여 중국에서 돈을 번 진이 엄마는 어렵게 딸을 북한에서 구출해 냈다고 한다. 함께 남쪽으로 향하는데 중국에서 공안에 붙잡히자 진이가 자신을 모른 체하면서 가버렸다고 했다. 진이 엄마는 울먹이면서 그 순간을 들려주었다.

"아직 여섯 살밖에 안 되어서 늘 내손 놓치믄 안 된다 그랬는데, 공안에 쫓기다 잠깐 손을 놓친 틈에 내가 공안에 잽혔는데 야가 딱 모른 척하고 내 앞으로 걸어가드라. 다행이다 싶었지만, 그게 어떻게나 섭섭하든지. 숲속에 선교사님이 숨어 있었기 때문에 진이가 그쪽으로 곧장 가면 되니 걱정은 안 됐는데, 다시는 못 볼지도 모르는 애가 뒤도 안 돌아보고 제 갈 길로 가는 거 보니 처연하기도 하고 무섭기도 하드라.

지도 살아야겠으니끼니 거기서 나를 알은체하면 안 된다는 걸 본능적으로 안 기지."

중국을 통과해서 국경까지 올 동안 얼마나 가슴 졸이는 일이 많았을까. 그랬으니 여섯 살 난 진이도 빨리 벗어나야 한다는 걸 알았을 것이다. 거기서 엄마 엄마, 하며 울어봐야 같이 잡혀 북으로 끌려갈 걸 그 어린애도 알았던 듯하다. 같이 오면서 그런 얘기를 숱하게 들었을 테니.

나 같았으면 어땠을까. 나도 그랬으리라. 엄마와 계속 북한에서 같이 있었으면 모를까. 한참 떨어져 있어서 정도 없었으니. 진이도 아마 어릴 때 헤어진 엄마여서 의존성이 낮았을지도 모르겠다.

진이 엄마는 끌려가다가 극적으로 탈출하여 다시 선교사님을 찾아갔고 우리 팀과 합류하여 한국에 오게 되었다. 다른 선교사님을 통해서 진이가 한국에 무사히 도착했다는 소식을 들었다며 그때의 서늘한 눈빛을 생각하면 딸을 만나도 같이 살 수 있을지 모르겠다고 했던 말이 가슴에서 지워지지 않는다. 엄마를 만날 때면 한 번도 못 본 진이라는 아이가 생각났다. 부모와 자식이 함께 정을 나누며 살 여유가 없는 세상, 그런 생각만 하면 몸이 부르르 떨렸다.

한국에서는 공부 많이 해라, 게임하지 마라, 잔소리하는 것 때문에 엄마와 싸운다는데 아이들은 그게 얼마나 행복한 간섭인지 모른다. 엄마한테 마음껏 투정을 부릴 수 있는 것만 해도. 친구들한테 줄기차게 괴롭힘을 당하다가 자살했다는 소식, 부모 말 듣기 싫어 가출했다는 뉴스를 볼 때면 기가 막히고 이해도 잘 안 된다. 당장 먹을 게 없어 힘든 북한 애들 사정을 알면 부모에게 감사하며 살 텐데.

미나는 어디로 갔을까. 진이 엄마는 어른이어서 다시 탈출했지만 어린 미나는 어떻게 되었을지, 그 생각만 하면 늘 마음이 아프다.

학교에도 잘 적응하고 채송화학교 생활도 즐겁지만 문득문득 떠오르는 아픈 기억 때문에 마음이 무거워진다. 맛있는 음식을 먹을 때마다, 행복한 마음이 들 때마다 죄책감이 든다. 나 혼자 이렇게 사는 게 미안해서.

결국 그날 밤 악몽을 꾸다가 소리를 지르는 바람에 엄마가 내 방으로 달려왔다. 땀에 흠뻑 젖은 나를 안고 엄마가 소리 죽여 울었다.

"송이야, 잊어야 한다. 잊어라. 머 할라고 안고 있나."

엄마가 우는 걸 보니 나도 눈물이 주르르 흘렀다. 나 때문에, 북한에 있는 할머니와 아버지에게 돈을 보내기 위해, 힘들게 고생하는 엄마에게 내가 또 짐을 안겨서 죄송했다.

"송이야. 시간이 좀 걸린다. 엄마도 한 이 년은 자다가 벌떡벌떡 일어났으니끼니. 엄마가 그동안 말을 안 했다만 몽골을 통해서 탈출할 때 정말 고생 마이 했다. 풀 한 포기 없고, 사람 그림자 하나 없는 막막한 사막을 헤맬 때 이러다 죽는 거 아닌가 하는 공포로 을매나 무섭던지. 몇이 죽어나가는 걸 보고 결국 미친 사람도 있다. 사실 요즘도 가끔 막막한 사막에서 헤매던 꿈을 꿀 때가 있다. 무조건 잊어야 한다. 인자 좋은 곳에 왔으니 잊자, 송이야."

엄마가 나를 부둥켜안았다. 서먹서먹해서 한 번도 안기지 못한 엄마 품을 파고들었다. 그동안 엄마가 어떻게 탈출했는지 몰랐는데, 엄마 아픔까지 더해 가슴이 찢어질 듯했다. 한참을 울고 난 뒤에 엄마가 말했다.

"전에 채송화학교 교장 선생님이 상담소 박사님 전화번호 알려주었는데 오늘 거기 가서 상담 치료 받아보자. 빨리 나아야지."

나는 고개를 끄덕였다.

아침에 엄마가 교장 선생님에게 전화를 했다. 일주일간 상담 치료를 받아야 하니 채송화학교에 못 갈 거라고. 괜찮아진 줄 알았는데 잊을 만하면 악몽을 꾸니 나도 빨리 치료를 받고 싶다.

 그날 학교에서 얌전하게 있는 나에게 아이들이 어디 아프냐고 물었다. 미소는 이마에 손까지 짚어보며 열이 나는 것 같다고 호들갑이었다. 모두들 걱정해 주니 고맙기만 했다. 수업이 끝나는 시간에 맞춰 엄마가 학교로 나를 데리러 왔다. 일주일간 엄마도 일을 줄이고 나를 돌봐주기로 했다.

 '소망상담연구소'라는 팻말이 달린 사무실로 들어갔다. 온화한 웃음을 띤 남자 어른이 나를 맞아주었다.
 "네가 송이구나. 아주 예쁘게 생겼네. 자, 마음을 편하게 하고 우선 이걸 읽으면서 네 생각과 비슷한 데다 동그라미를 쳐보렴."
 박사님이 세 장짜리 종이를 건넸다. 내 심리 상태를 알아보기 위한 거였다. 박사님이 교회와 학교, 회사 등 여러 곳에서 만난 사람들을 대상으로 연구해서 직접 만든 질문지라고 했다. 내가 평소 어떤 생각을 하는지, 혼자 있을 때 어떤 생각이 떠오르는지, 다른 사람들과 사이는 어떤지……. 질문이 굉장히 많았다.
 박사님은 내가 표시해 놓은 것을 하나하나 꼼꼼히 살펴보고 나서 말했다.

"어디 보자……. 송이는 대체적으로 요즘 생활에 만족하고 적응도 잘하는데 아직 마음 깊은 곳에 무거운 짐을 많이 넣어두고 있네. 걱정이 많아. 책임감이 강해서 뭐든 자기가 다 해내려는 성향이 강해. 인정이 많아서 다른 사람 걱정도 많이 하고."

박사님 말씀을 들으며 엄마는 내가 얘랑 오래 떨어져 있어서 얘를 잘 몰라요, 라며 자책을 했다.

"송이가 해결할 수 없는 일에 대해서는 걱정하지 마. 송이가 지금 바꿀 수 없는 것까지 안고 가면 인생이 너무 무거워. 송이가 할 수 있는 일만 해. 해결할 수 있는 것만 생각해. 송이야, 무슨 걱정이 그렇게 많아?"

박사님은 내 마음을 훤히 들여다보고 있었다. 내가 엄마를 거북해하자 엄마가 밖으로 나갔다. 엄마가 없으니 얘기하기가 좀 수월해졌다. 북한에 있는 할머니와 아버지 걱정, 헤어진 미나 걱정에다 탈출하면서 긴장했던 일이 지금도 가슴을 답답하게 하고 같이 탈출한 아주머니들이 했던 말들도 귀에서 떠나지 않는다고 했다. 그리고 우연히 엿들은 끔찍한 사실들이 마치 내가 당한 일처럼 괴로울 때가 있다고 솔직하게 말했다.

"송이야, 지금 너한테 가장 중요한 일은 공포감에서 벗어

나는 거야. 그리고 마음의 상처를 다 씻어야 해. 이제 안전한 곳에 왔고 주변에서 다 너를 도와주잖아. 무서운 생각이 들고 긴장이 될 때 너 자신에게 용기를 줘. 여긴 안전하다, 여기는 자유대한민국이다, 아무도 나를 붙잡으러 오지 않는다, 그걸 너한테 자꾸 알려줘."

나는 가만히 고개를 끄덕였다. 나는 안전한 곳에 와 있다, 나는 안전하다. 속으로 읊조려보니 조금 힘이 생겼다.

"미나와 헤어진 건 송이 잘못이 아냐. 다시 만나면 좋겠지만 그렇게 안 되더라도 할 수 없는 일이야. 송이가 고민한다고 미나가 돌아오는 건 아니잖아. 네가 바꿀 수 없는 일은 그 사실 자체로 받아들여. 아줌마들이 했던 얘기를 자기 일처럼 생각하지 마. 그런 생각이 들 때마다 아냐, 그건 내 일이 아냐, 나랑 상관없는 일이야, 라고 딱 끊어. 생각의 함정에 빠져들면 점점 더 깊이 들어가서 나중에 빠져나오지 못해. 애초에 그런 생각이 들려고 할 때 난 아냐, 하고 벗어나야 해. 나쁜 생각 대신 좋은 상상을 해. 송이한테 어떤 일이 일어났으면 좋겠어?"

"모르겠어요."

"나중에 이렇게 되고 싶다, 이런 일이 일어났으면 좋겠다, 이런 거 없어? 눈을 감고 생각해 봐."

박사님이 잔잔한 음악을 틀어주었다.

"마음을 차분히 가라앉히고 기분 좋았던 것만 생각해 봐. 그러면 좋은 상상이 떠오를 거야."

엄마와 함께 따뜻한 방 안에 있는 것, 김수지 선생님 자동차를 타고 채송화학교에 가는 것, 우리 반 아이들과 사이가 좋아진 것, 채송화학교 선생님들과 아이들, 그런 게 기분 좋다. 미소네 집에서 코스프레 하고 놀았던 것, 민혁이 질해 준 것도. 앞으로 어떤 일이 생기면 좋을까. 주르르 눈물이 흘렀다. 내가 좋아하는 일은 일어나기 힘든 거니까.

"송이야, 무슨 생각이 드니?"

"할머니랑 아버지도 한국에 오면 좋겠어요. 그래서 맛있는 것도 많이 드시고, 편안한 침대에서 주무시고. 너무 고생이 많아요. 두 분만 생각하면 가슴이 미어져요."

박사님이 나를 따뜻하게 안아주었다.

"송이 마음이 참 따뜻하구나. 송이야, 할머니와 아버지를 만나는 일이 쉽지는 않겠지만 두 분을 생각하는 그 마음이 하늘에 닿아 분명히 좋은 일이 일어날 거야. 두 분 생각에 마음이 아플 때마다 두 분이 편안하게 지내게 해주세요, 두 분을 만나게 해주세요, 그렇게 기도해. 그렇게 딱 맡기고 염려하지 마. 그건 송이가 해결할 수 있는 일이 아니니까."

박사님이 손짓을 하자 밖에 있는 엄마가 들어왔다. 내 눈물을 닦아주면서 엄마도 눈물을 흘렸다.

"따님이 아주 속이 깊네요. 송이가 사랑하는 분들과 헤어져서 여기 왔으니 마음이 가쁜하진 않을 거예요. 사랑하는 분들을 잊는 게 더 나쁜 일이죠. 아픈 마음도 사람을 성숙하게 만들어요. 송이가 좋은 마음을 갖고 있기 때문에 앞으로 더 좋아질 거예요. 어머니, 너무 걱정 마세요. 송이는 일주일 동안 계속 와서 나랑 얘기를 더 나누자. 그러면 많이 좋아질 거야."

나는 깊이 머리를 숙여 인사했다. 벌써 많이 좋아진 느낌이다. 어두운 생각 속으로 빠져드는 걸 막는 게 중요하다.

상담소에서 나올 때 무거운 어깨가 조금 가벼워진 느낌이 들었다. 엄마가 내 어깨를 감싸안아 주었다. 포근했다. 박사님 말씀대로 걱정될 때마다 할머니와 아버지, 미나를 위해 기도하자.

일주일 동안 박사님을 만나서 즐거운 상상하기, 긍정적인 생각하기, 걱정되면 기도하고 맡기기 훈련을 했다. 마지막 날 박사님은 기분이 어떤지 물었다.

"마음에 가득했던 짐을 밖으로 많이 꺼낸 기분이에요."

박사님이 내 머리를 쓰다듬어주었다.

"표현력이 아주 좋은데. 남은 짐을 마저 꺼내. 그런데 그 꺼낸 짐을 도로 집어넣으면 안 돼. 이제 꺼낸 짐은 생각하지 마. 지나간 걸 자꾸 곱씹지 마. 오늘을 열심히 살고 내일 뭘 할까 생각하며 좋은 꿈만 꿔."

나는 힘차게 고개를 끄덕였다.

엄마는 박사님에게 아침에 손수 싼 도시락을 전해 주었다.

"드릴 게 없어서 북한음식을 좀 해봤어요. 송이 옆에서 같이 들으면서 저도 많이 치유되었어요."

엄마가 밝게 웃어서 더 좋았다. 박사님은 두부밥을 먹으며 우와 맛있네, 진짜 좋은 선물인데요, 라며 즐거워했다. 상담소를 나설 때 처음으로 내가 먼저 엄마 손을 잡았다. 엄마가 깜짝 놀라며 활짝 웃었다. 주름살이 많은 엄마 얼굴을 보며 더 이상 걱정 끼치지 않아야겠다고 결심했다.

남자친구 집에 가다

5월 30일 개교기념일 합주대회 때문에 학교가 들썩들썩했다. 입장하는 것부터 점수에 들어가기 때문에 각 반마다 비밀을 유지하는 게 중요하다. 어떤 대형으로 들어가서 어떻게 줄을 맞추는지에 따라 점수가 달라지는 까닭이다. 내가 아코디언을 연주한다는 것도 비밀이어서 절대 학교에 악기를 가져가면 안 된다. 그래서 나는 채송화학교에서 따로 연습해야 했다. 대신 우리 반 아이들이 모두 채송화학교로 와서 마지막 연습을 하기로 했다. 이번에도 미소가 자기 동네에서 버스를 빌려보겠다고 했다. 그 차가 미소네 거라는 사실은 나와 선생님만 알고 있다.

"재미있지? 합주대회 연습 때문에 우리 학교는 왕따가 없 잖아. 다 같이 연습해야 하니까."

미소의 말에 절로 고개가 끄덕여졌다. 우리가 연습할 때마다 미소가 간식 꾸러미를 만들어왔다. 기사 아저씨가 교실까지 운반해 주고 돌아갈 때 아이들이 몰려들어서 미소에게 물었다.

"이거 누가 보내주는 거야?"

"버스 빌려주는 데서 주는 거야?"

미소는 그냥 건성으로 고개를 끄덕였다. 아이들은 정말 좋은 동네라며 좋아했다.

미소는 요즘 용돈을 받으면 코스프레 옷 대신 간식을 산다고 말했다.

"예전에는 순 내 옷만 사고 내 것만 챙겼는데 채송화학교에 다녀온 뒤부터 마음이 바뀌었어. 나도 나중에 남을 돕는 일을 할 거야. 몰래 남을 돕는 사람, 그거 멋지잖아. 우리 메이드 아줌마는 나랑 간식을 만들면서 내가 좋은 일을 한다며 막 칭찬해 주고, 우리 엄마는 그냥 마트에 주문해서 바로 보내면 되는데 뭘 고생이냐고 하고. 그래도 내가 남들 돕는다고 좋아하셔."

우리가 떠드는 얘기를 듣던 민혁이 깜짝 놀라며 눈을 크게 떴다.

"이게 다 미소가 선물하는 거야?"

"맞아. 다 미소가 하는 거야."

내가 맞장구를 치자 미소가 하지 마 하지 마, 라면서도 활짝 웃었다.

"와, 미소 대단하다. 니네집 엄청 부자구나. 근데 혼자만 배불리 먹지 않고 나누는 부자, 멋진데."

"그래? 그럼 나랑 사귀는 거다."

"그건 좀……."

미소의 말에 민혁은 슬쩍 내 눈치를 봤다. 내가 그렇게 하라고 눈짓을 해도 민혁은 입을 꾹 다물었다. 입을 삐죽거렸지만 미소의 얼굴이 금방 환해졌다.

수업이 끝나고 가방을 쌀 때 민혁이 작은 소리로 깜짝 발언을 했다. 민혁의 부모님이 엄마와 나를 집으로 초대하셨다는 것이다.

"내가 집에서 네 얘기를 했더니 엄마가 초대하고 싶으시대. 이번 주 토요일 어때?"

민혁의 집에 초대되다니 가슴이 두근거렸다. 엄마도 기뻐하실 게 분명하다.

엄마는 내 짝이 탈북자라는 사실에 깜짝 놀라더니 친구의 초대인데 거절하면 안 된다고 했다. 일주일 동안 상담소에서 박사님과 많은 얘기를 나누어 마음이 가뿐해진 데다 토요일에 민혁의 집에 가게 되다니 정말 기분 좋은 한 주다. 나는 교복을 입고 가기로 했는데 엄마는 마땅한 옷이 없다며 계속 이 옷 저 옷 입어봤다. 내가 봐도 엄마 옷은 좋은 게 별로 없다. 북한에서 입던 옷과 비교하면 훌륭하지만 다른 아줌마들이 입고 다니는 멋진 옷과 비교하니 아무래도 초라했다. 북한에 돈을 보내고 나를 탈출시키느라 정작 엄마는 제대로 된 옷 한 벌 못 갖춘 게 마음 아팠다.

 "엄마, 내가 여름방학 때 알바해서 좋은 옷 사드릴게요."

 "안 돼. 좋은 옷이 무슨 소용이냐. 깨끗하면 됐지. 알바는 안 돼. 방학 때 바짝 공부해서 애들 따라가야지, 괜히 돈 번다고 시간 낭비하면 안 돼. 열심히 공부하면 나중에 돈을 많이 벌 수 있단다."

 엄마는 흰 블라우스에 검정색 치마를 입기로 했다.

 "여기다 빨간 꽃만 머리에 달면 공화국 합창단 같다야. 공화국에서 온 분들 만나러 가니 어울린다야."

 엄마 말에 까르르 웃으며 집을 나섰다.

민혁의 집은 우리 집에서 많이 떨어지지 않은 아파트 단지에 있었다.

"나라에서 빌려주는 임대 아파트가 아니라 자신들이 마련한 아파트에 사는 것만 해도 어디냐. 부럽다야."

엄마는 엘리베이터를 타면서 이리저리 살펴보느라 바빴다. 민혁네 집은 우리 집보다 훨씬 넓었지만 으리으리한 미소네 집에 비해서는 소박한 편이었다.

"어서 오세요, 송이 어머니. 아유, 그래, 을매나 고생이 많습네까?"

우아한 모습의 민혁 엄마가 북한 말투로 인사를 하자 정겨운 기분이 들었다.

"어서 오시오. 잘 오셨습네다. 민혁아, 친구 왔다. 나와라."

민혁의 아빠가 큰소리로 부르자 민혁이 달려 나왔다.

"안녕하세요. 김민혁입니다. 한송이 짝이에요."

민혁이 공손하게 인사를 했다.

"에구, 인기가 많다고 하더니 참 잘생겼구나."

엄마 말에 민혁 엄마가 호호 웃으며 우리 아들이 어디 가나 인기가 많아요, 라고 했다.

"자, 우선 식사부터 합시다."

민혁 아빠가 주방으로 안내했다. 민혁 엄마는 부지런히 상을 차렸다. 엄마가 도우려고 했지만 앉아 있으라며 사양했다.

"뭘 좋아하실지 몰라 이것저것 차렸으니 그냥 입맛에 맞는 걸로 드시구랴."

가짓수가 많아 무엇부터 먹어야 할지 모를 정도였다.

"어이구, 뭘 이렇게 많이……. 잘 먹겠습니다."

엄마는 눈이 휘둥그레져서 인사를 했다. 민혁은 내 접시에 전복구이와 인삼튀김을 얹어주었다. 튀김은 소화가 잘 안 되지만 민혁이 준 거니까 잘될 거라고 믿으며 먹었다. 처음 먹어보는 음식이 대부분인데 다 맛있다. 엄마는 하나하나 먹을 때마다 탄복을 했고 민혁 엄마는 입이 함박만 해졌다.

식사가 끝나고 거실에서 차를 마실 때 엄마가 물었다.

"이런 질문하기가 좀 그렇지만 진짜 궁금해서요. 제가 한국 온 지 육 년 됐고, 주변에 더 오래된 분들도 있는데 다들 살기가 어려워요. 근데 임대 아파트를 벗어나서 잘사시는 거 보고 놀랐습네다."

민혁 아빠가 허허 뭘요, 하면서 입을 열었다.

"우리야 뭐 이제 좀 뭘 하려는 중이지요. 여기 와서 잘사는 분들도 많아요. 국회의원 되신 분도 있고 교수나 기자, 사업하는 분들도 있지요. 우리는 북에 있을 때 외화벌이 하러 북경에 오래 나가 있었단 말입니다. 한국 와서 그때 북경에서 만났던 분들을 만났지요. 그분들이 돈을 좀 융통해 줘서 무역을 하고 있는데 조금씩 확장하고 있습네다."

민혁 아빠 말에 엄마는 고개를 끄덕이면서 부러운 표정을 지었다.

"사실 그동안 우리가 탈북자라는 걸 외부에 공식적으로 알리지 않았어요. 우리 민혁이가 길거리 캐스팅으로 엘케이의 연습생이 되었는데, 나중에 혹시라도 유명해지면 귀찮아질 것 같아 우리 부부가 은근히 반대를 했어요. 근데 이번에 민혁이가 송이 얘기하는 거 듣고 우리 마음이 바뀌었어요."

민혁이 무슨 얘기를 했는지 궁금했다. 민혁 엄마가 나섰다.

"남한 사람이 북한에서 온 아이들 돕겠다고 채송화학교라는 걸 만들어개지구 아이들 가르치는 얘기랑, 민혁이 담임 선생님이 방과 후에 거기 가서 애들 갈친다는 얘기들을 들으면서 우리가 반성을 했어요. 그래서 채송화학교에 머가 필요할까 알아보고 도울 생각도 하고 있어요. 민혁이가 하고 싶어하는 아이돌 가수 되는 것도 밀어주고요. 민혁이가 나중에 유명해지면 팬들이 탈북자들에 대해 잘 알게 되어 좋은 마음을 가질 거 아이겠어요."

엄마가 감동한 얼굴로 고개를 끄덕였다. 민혁이 나를 보며 어깨를 으쓱했다.

"그동안 내가 민혁이 아빠 돕는다고 정신없었는데 이제 조금 자리도 잡고 했으니끼니 내가 원래 하고 싶었던 거를 하고 싶어요. 민혁이가 지난번 채송화학교 갔을 때 송이 엄마가 해오신 두부밥이 그렇게 맛있더라고 극찬하더라구요. 내가 원래 요리에 관심이 많아 북한요리전문점을 낼 생각이야요. 한 푼 두 푼 모아서 지금 가게 자리 알아보고 있어요. 송이 엄마랑 같이 일하면 좋겠어요."

엄마의 얼굴이 환하게 밝아졌다.

"사실 우리 집도 평양에서 살다가 쫓겨났어요. 평양에 살 때 우리 어머니가 요리를 잘해서 당간부들도 자주 모시고 그랬어요. 요즘 북한음식을 만들어보고 있는데 제가 북한음식점에서 일할 수 있다면 더할 나위 없이 좋지요."

"아휴, 동지를 만났네요."

엄마와 민혁 엄마가 식당 얘기를 이어가자 민혁은 나를 자기 방으로 데리고 갔다. 침대와 책상이 있고 한쪽에 선물들이 잔뜩 쌓여 있었다. 민혁이 컴퓨터를 켜자 한쪽 벽에 영상이 떴다. 민혁이 다른 친구들과 함께 연습하는 모습이었다.

"다음 주부터 엘케이에 가서 연습하려고. 엘케이는 공부를 철저히 시켜. 선배들 중에 명문대 들어간 사람들도 많아. 연습 시작해도 수업 다 마치고 가는 거야."

음악에 맞춰 다섯 명이 격렬하게 춤을 췄다. 민혁은 끝까지 틀리지 않았다.

"와, 대단하다. 멋지다. 애들이 왜 너 좋아하는지 알겠다."

"이제 알았다는 거야? 응원 많이 해줄 거지?"

민혁이 내 눈을 응시하는데 어색해서 몸이 움츠러들었다.

"방학 때는 아예 연습실에서 살아야 하기 때문에 애들을 거의 못 만나. 내가 문자 보내면 회사 앞으로 와. 미소는 데리고 오지 말고 너 혼자."

나는 아무 대답도 못 하고 말았다. 가슴이 쿵쿵 뛰었다.

"민혁아, 송이야, 과일 먹어라."

민혁 엄마가 문을 벌컥 열었다. 의자에 따로따로 앉아 있는 우리를 보고 안도하는 표정이었다.

"엄마, 노크. 나 사춘기라구요. 게다가 여자친구도 왔는데."

"미안하구나. 빨리 나와."

여자친구라는 말에 가슴이 또 쿵 했다.

"사실 너 처음 봤을 때부터 좀 이상했어. 니가 짧게 말하는 데도 우리 아빠 엄마 억양이 묻어나오는 거야. 니가 아코디언을 한다고 할 때 얘가 북한에서 온 거 아닐까, 그런 생각이 들더라. 늘 주눅이 들어 있는 걸 보고 확신했지."

그래서 민혁이 나를 보호해 주려고 한 거구나. 민혁은 첫날부터 나에게 친절했다.

"내가 사회시간에 공격당해 니가 탈북자라고 밝혔을 때 정말 미안하고 고마웠어. 평생 잊지 않을 거야. 너랑 미소가 아니었다면 학교 다니기 힘들었을 거야."

민혁이 의자에서 일어나서 내 앞으로 오더니 나를 감싸안았다. 민혁 엄마가 문을 열까 봐 가슴이 콩닥콩닥했다.

"우리는 굉장한 인연이야. 북한에서 태어나 남한에 와서 만났으니 말이야."

민혁이 내 손을 잡고 나를 일으켜 세웠다. 민혁의 눈을 보고 진심을 담아 말했다.

"고마워."

민혁이 내 뺨에 살짝 뽀뽀를 했다. 그 순간 숨이 멎을 것 같았다.

집으로 돌아오는 내내 엄마는 흥분된 목소리로 말했다.

"어찌 그리 좋은 분들일까. 어찌 니 짝이 탈북자였을까. 나도 북한음식 만든다고 생각하니 가슴이 막 뛴다."

엄마가 내 손을 잡았다. 나도 민혁을 생각하니 가슴이 막 뛰었다. 우리 모녀에게 가슴 뛰는 일이 동시에 생기다니, 정말로 기분 좋은 밤이다.

좋아하는 여자들은 다 떠나

 우리 반은 엘가의 〈위풍당당행진곡〉에 맞춰 힘차게 입장한 뒤 〈그리운 금강산〉을 연주하기로 했다. 나는 입장할 때는 합류하지 않고 강당 뒤에 있다가 〈그리운 금강산〉이 한 소절 끝날 때 등장해서 '이제야 자유 만민 옷깃 여미며 그 이름 다시 부를 우리 금강산' 부분부터 함께하기로 했다. 1절은 원래 빠르기로 하고, 2절은 좀 경쾌하게 연주한 뒤 다시 〈위풍당당행진곡〉을 연주하면서 퇴장하기로 했다. 특히 〈그리운 금강산〉 2절이 시작될 때 금강산 사진이 강단 뒷면에 뜨는 이벤트도 준비했다. 민혁의 총지휘 아래 연주하면서 율동도 가미하기로 했다. 우리는 쉬는 시간에도 발을 맞춰보면서 율동을 익혔다.

나는 채송화학교에서 혼자 〈그리운 금강산〉을 열심히 연습했다. 아이들이 연습하는 걸 녹음해 와서 박자를 맞추어 본 뒤 아코디언을 연주했다. 나는 다른 반 아이들에게 들키지 않으려고 끝까지 아코디언을 학교에 갖고 가지 않았다.

캐빈 선생님과 민 선생님은 내가 개교기념일 합주대회에 몰두해서 공부를 소홀히 한다고 툴툴거렸지만 교장 선생님은 친구들과 친해질 기회이니 열심히 하라고 오히려 격려해 주었다.

학교 가는 게 날마다 즐거웠다. 내가 언제 주눅 들어 있었는지 기억도 나지 않을 정도였다. 〈그리운 금강산〉을 허밍으로 부르며 교문을 들어서는데 앞에 가던 아이가 휙 돌아봤다. 나는 너무 놀라 그 자리에서 얼어붙고 말았다. 분명 영식이었다. 그런데 그애는 나를 못 알아봤는지, 아니면 영식이 아닌지, 나를 보고도 그냥 가버렸다. 영식일까? 그애가 저렇게 왜소했던가? 나와 동갑인데 나보다 한 뼘은 작아 보였다. 북한 아이들이 남한 아이들보다 훨씬 작긴 하지만 나보다 작아 보이다니. 북에서는 나와 비슷했는데. 내가 남한에 와서 벌써 쑥 큰 건가? 영식이 아닌 것도 같고, 키 때문에 영식인 것 같기도 했다.

  영식은 북에 있을 때 우리 집과 가까운 곳에 살았고 소학교 때 줄곧 우리 반이었다. 영식이 엄마도 어느 날 사라졌다. 영식은 아버지와 누나와 살았다. 누나가 워낙 예쁘게 생겨서 동네 총각들이 다 좋아했다. 잘생긴 영식을 좋아하는 애들이 많았는데 5학년 때 영식이 나한테 그랬다.

  "애들이 열이믄 뭐하냐. 나는 니가 좋다."

  그렇게 말하고 달아나버렸다. 영식이 그 말을 했을 때 내 마음이 조금 두근거렸다. 그런데 영식의 누나가 소리 소문 없이 사라지고 난 뒤 갑자기 애가 추레해지면서 말이 없어졌다.

  "힘내라이."

  나는 농장으로 일하러 가면서 영식에게 주먹을 쥐어 보였다. 영식은 아무 대답도 없이 피식 웃기만 했다.

  엄마가 한국에서 돈을 보내와 우리 형편이 좀 나아진 적이 있었다. 물론 나는 그때 그런 사실을 몰랐지만. 할머니가 강냉이밥을 잔뜩 해서 영식이네 집에 갖다 주라고 했다.

  "남의 일 같잖아서. 어린애가 엄마도 가고 누나도 가고 을매나 맘이 아프갔나. 그 아바이가 맨날 술타령이라 애가 밥이나 묵나 모리겠다."

  눈이 퀭한 영식은 내가 건넨 그릇을 들고 설핏 눈물을 보였다.

"고맙구마이. 우리 아버지가 영 정신을 놓을라 캐서 걱정이다."

나는 엄마가 사라진 뒤 할머니가 돌봐주었지만 영식은 아픈 아버지까지 걱정하고 있었다. 그 일로 우리 둘은 꽤 친해졌다. 저녁에 영식이 우리 집으로 찾아와서 나를 불러내면 뒤란에 가서 함께 얘기를 나누곤 했다. 영식은 미래에 대한 걱정이 많았다.

"학교도 제대로 몬 댕길 거 같아. 아버지까지 잘못되면 돌아댕기며 주워 먹는 꽃제비가 되겠지. 공화국에서는 군대를 댕기와야 뭐가 되는데 아버지가 저래 누워 있고 엄마하고 누나는 연락도 안 되고……."

그러는 영식에게 나도 해줄 말이 많지 않았다. 나도 할머니가 돌아가시고 러시아에서부터 독한 술을 많이 마셔 늘 위장병으로 골골하는 아버지까지 잘못되면 별수 없이 꽃제비가 되겠지. 우리는 한숨을 쉬면서도 서로에게 위로가 되었다.

어느 날 영식은 쑥스러운 표정으로 나한테 말했다.

"나는 걱정이다. 내가 좋아하는 여자들은 다 떠난다. 엄마도 가고 누나도 가고. 인자 송이 니도 갈까 봐 걱정이다."

영식은 그 말을 하고서 얼굴이 빨개졌다. 그때는 공화국을 떠날 일이 없을 거라고 생각했는데 나는 정말 영식의 곁을 떠나오고 말았다. 영식은 나도 떠나갈까 봐 걱정이라고 한 뒤 민망해서인지 그 뒤로 며칠간 오지 않더니 밤중에 우리 집으로 찾아왔다. 그날따라 가슴이 콩닥콩닥했다. 새 옷 입은 영식의 얼굴이 훤했다.

"우리 외삼촌이 왔댔어. 우리 누나가 지금 중국에 있다더라. 우리 누나가 내 옷이랑 아버지 약이랑 보내줬어. 외삼촌이 당국의 허락을 받고 중국에 물건을 팔러 다니는데 몰래 누나랑 연락이 됐단다. 들키면 외삼촌도 그 일을 못 하게 되기 땜에 엄청 조심했다더라. 아참 이거."

영식은 주머니를 뒤지더니 손을 쑥 내밀었다.

"이거 가지라야. 귀한 거이다. 누나가 보내준 건데 볼펜이라는 기다. 학교는 가지고 가지 말고."

"귀한 건데 나 줘도 되나?"

"귀한 거니까 니 준다. 다른 사람은 안 준다."

영식이 내 손을 잡고 내 손바닥에다 볼펜을 그어 보였다. 검정색 줄이 죽 그어질 때 찌릿 우리 둘이 전기가 통한 듯 얼어붙었다. 얼굴이 달아올랐다. 밤중이어서 잘 안 보여 다행이었다.

엄마가 사라졌다는 공통점을 가진 우리는 서로에게 의지가 되었다. 그리고 얼마 후 영식에게 연락도 못 한 채 나는 북한을 떠나오고 말았다. 갑자기 밤중에 중국 아저씨한테 불려나가 그길로 집을 떠났기 때문에 볼펜을 챙겨오지 못한 게 아쉽다.

키 작은 남자아이가 1학년 교실 입구 쪽으로 종종종 걸어갔다. 그냥 영식과 닮은 키 작은 1학년인가? 영식이 한국에 왔다면 나랑 같은 2학년이어야 한다. 몇 달 동안 쫓기느라, 한국에 와서 바뀐 환경에 적응하느라 정신이 없어 영식을 까맣게 잊고 있었다는 게 새삼 놀라웠다. 마치 영식은 박제된 아이 같았는데, 엄연히 북쪽에는 친구들도 있고 할머니와 아버지도 있다.

"야, 여유 부릴 때가 아냐. 시작종 칠 시간 얼마 안 남았어."

민혁이 어깨를 툭 쳤다. 나보다 한 뼘이나 더 큰 민혁과 영식일 닮은 아이, 남한의 아이들과 북한의 아이들은 그 키만큼이나 차이가 난다. 하얀 얼굴에 윤기가 반들반들한 민혁과 버짐이 피고 거뭇거뭇한 영식의 얼굴이 겹쳐 보였다.

"뭐 기분 안 좋은 일 있어? 안색이 안 좋아."

　민혁이 내 이마에 손을 대려고 해서 피했다.
　"학교에서 친한 척하지 마라. 애들이 본다. 여자애들의 적이 되고 싶지 않다."
　"학교 말고 다른 데서는 친한 척해도 돼? 우리 엄마가 너 자주 놀러 오라고 하셨어."
　나는 고개만 끄덕였다. 아까 본 키 작은 아이, 영식인지 아닌지 헷갈리는 그 아이가 자꾸 생각났다. 나는 어느 정도 적응을 했고 민혁과도 친하게 지내고 있다. 상담을 받고 나서 악몽을 꾸는 일도 줄어들었고, 채송화학교에서 열심히 배우면서 공부에도 재미를 붙여가고 있다. 그런데 아까 그애가 정말 영식이어서 만나게 된다면 어떻게 될까? 단지 우리 반의 관심사인 내가 전교생에게 알려질 위험이 있다. 혹시 영식과 다니는 걸 두고 끼리끼리 논다며 놀림당할 수도 있다. 행여 북한에서 친하게 지낸 걸 영식이 아이들에게 말하기라도 한다면 이상한 오해를 받을 수도 있다. 특히 민혁이 알게 되는 건 원치 않는다.

무엇보다도 영식과 친하게 된다면 또다시 악몽에 시달릴지도 모른다. 영식에게 북한을 빠져나오고 중국을 헤매던 과정을 들으면 또 악몽이 떠오르겠지? 하지만 정말 영식이라면? 내 도움이 많이 필요할 텐데……. 그리고 많이 외로울 텐데……. 무엇보다도 영식을 만나면 할머니와 아버지의 소식을 알 수 있을 텐데…….

영식인지 아닌지 모를 그 남자아이 때문에 마음이 복잡한 나 자신이 갑자기 낯설다. 먼저 달려가서 영식아, 하고 부를 수는 없었을까. 수업이 시작되고도 그 남자애의 가녀린 잔등이 눈에서 떠나지 않았다.

혼란스러워 쉬는 시간에 엎드려 있자 미소가 나에게 다가와서 어디 아픈지 물었다. 미소는 나를 진심으로 대한다. 예전에는 민혁과 가까워지고 싶어 짝인 나를 이용할 생각이었다지만 이제는 정말 나와 친구가 되었다. 나에게 잘해 주는 미소에게 비밀이 생긴 것이 마음에 걸린다. 민혁네 집에 엄마랑 초대되어 갔고, 사귀는 건 아니라 하더라도 민혁과 내가 특별한 친구가 된 건 부인할 수 없는 사실이니까. 그런데 미소는 자신이 민혁과 친해지고, 그걸 내가 도와줄 거라고 믿고 있다. 미소와 민혁이 친해지는 걸 도울 수는 있지만, 민혁이 미소를 더 좋아하면 좀 서운할 것 같다. 그렇지만 나는 민혁과 미소가 정말 사귀게 된다면 서운해도 참을 수 있다. 둘 다 나를 도와주는 좋은 친구들이니까.

수업이 끝나고 도서관으로 가다가 교무실로 향했다. 아무래도 영식이 마음에 걸려서다. 김수지 선생님은 책상에서 서류를 정리하고 있었다.

"무슨 일 있어? 오늘 채송화학교로 바로 안 갈 거야?"

"아뇨. 그게 아니라. 여쭤보고 싶은 게 있어서요. 혹시 일 학년에 탈북자가 전학 왔나요?"

"아, 그애. 맞아. 며칠 전에 한 명 왔어. 이 학년 나이인데 그냥 일 학년으로 들어갔어."

2학년 나이라니, 정말 영식일까?

"혹시 이름이 뭐예요?"

"왜, 아는 애 같아서?"

내가 고개를 끄덕이자 선생님이 다른 자리로 가서 1학년 선생님과 대화를 나누고 돌아왔다.

"최현우라는구나. 아는 애 맞아?"

고개를 가로저으며 나도 모르게 휴, 하고 안도의 숨을 내쉬었다.

"아는 앤가 해서 그랬구나. 하긴 두만강변 마을에서 중국으로 넘어가는 사람이 많으니 같은 동네 애가 올 수도 있겠다 생각했겠네. 근데 현우가 온 줄 어떻게 알았어?"

"아, 아니에요. 그냥 비슷한 애를 봐서."

"그랬구나. 송이도 적응을 잘하고 있으니 그런 친구들이 혹시 뭘 물어보면 잘 가르쳐줘. 민혁이는 온 지 너무 오래되어서 그런 친구들한테 별 도움이 안 되겠지만 송이는 얼마 되지도 않아 아이들하고 금방 친해지고, 공부도 잘 따라가니 큰 도움이 될 거야."

나는 애매한 표정으로 고개를 끄덕이고 교무실을 나왔다. 눈물이 쏟아질 것만 같았다. 선생님은 나에게 그런 기대를 하고 있는데, 나는 피할 생각만 했으니. 그리고 영식이 아니라 내가 모르는 현우여서 잘됐다고 생각하다니. 내가 걱정하는 건 나의 존재가 전교생에게 드러나는 것이다. 그애가 영식이어서 친하게 지내다 보면 그 반 아이들이 내 존재를 알게 되고, 점점 퍼져 전교생이 알게 될 테니.

머리가 복잡했다. 단순하게 생각하라는 박사님 말씀이 떠올랐다. 어차피 개교기념일 합주대회 때 내가 아코디언을 들고 등장하면 소문이 날 것이다. 우리 반이 일등만 한다면 내가 드러나는 일쯤은 상관없지만, 그래도 조금 두려운 건 사실이다. 다른 반 아이들까지 나를 이해하고 따뜻하게 봐줄지 의문이니까. 그래 봐야 사람들은 남의 일을 오래 생각하지 않는다. 이제 숨기보다 남들과 친해져야 한다. 어리광은 그만둘 때가 되었다. 북한에서 온 건 죄지은 게 아니니 당당히 말하자. 그렇게 생각해도 마음 한편이 무거운 건 어쩔 수 없다.

일부러 찾아가서 현우를 만날 생각은 없지만 마주친다면 먼저 말을 걸어볼 작정이었는데 그 뒤부터 현우가 눈에 띄지 않았다. 혹시 적응하지 못해서 학교를 그만둔 건 아닌지 걱정이 되었지만 곧 잊었다. 합주대회 준비로 바쁜 데다 보국중학교와 채송화학교 두 군데 공부를 해내느라 정신이 없었기 때문이다.

캐빈 선생님은 합주대회 끝나고 곧 있을 시험에서 좋은 점수를 받도록 열심히 하자고 했다. 애들이 합주대회에 정신이 팔려 있을 때 준비를 잘해야 한다며 영어 노래는 그만 외우고 교과서 외우기를 시켰다. 노래를 많이 외워서인지 교과서 외우는 게 어렵지 않았다. 노래를 부르면서 익혔던 구문들이 교과서 문장 속에 많이 들어 있었다. 교과서를 외우니 문제 풀이도 어렵지 않았다.

민준희 선생님이 내준 문제를 벌써 700개 넘게 풀었다. 문제 풀이를 많이 해서인지 수학이 더 이상 두렵지 않다. 문제가 어려워지면서 틀릴 때도 많지만 선생님은 두 달 만에 이 정도면 굉장한 발전이라고 칭찬해 주었다. 열심히 잘해서 민혁에게 잘 보이고 싶은 마음도 있다. 민혁은 아이돌 가수가 되더라도 공부에서 절대 뒤처지지 않을 거라며 열심이다. 나도 이번 학기는 어쩔 수 없겠지만 2학기 때는 상위권에 들도록 최선을 다해 볼 계획이다.

결전의 날

 개교기념일을 사흘 앞둔 토요일에 우리 반 아이들이 채송화학교로 왔다. 미소가 또 버스와 간식을 제공했다. 미소는 자기가 '키다리 아저씨'라도 되는 듯 숨어서 일하며 즐거워했다. 친구들이 누군지 모르지만 그분께 박수를 보내자고 했을 때 미소는 시침 뚝 떼고 함께 손뼉을 쳤다.
 우리끼리 운동장에서 연습을 하는데 교장 선생님이 신이 나서 이것저것 아이디어를 냈다.
 "에이, 구식이에요."
 "지루해요."
 애들이 핀잔을 줘도 아랑곳하지 않고 이러면 어떻겠니, 저러면 어떻겠니, 하고 제안을 했다. 그러는 교장 선생님을 김수지 선생님이 재미있다는 표정으로 바라봤다. 애들은 사랑의 눈빛이야, 말리지도 않잖아, 라며 괜히 두 사람을 엮느라 바빴다. 내가 봐도 확실히 두 분이 친해진 것 같다. 두 분이 결혼한다면 우리가 멋진 연주를 해줄 수 있을 텐데. 생각만 해도 기분 좋은 일이다.

드디어 내 아코디언과 친구들의 합주를 맞춰볼 순서다. 밤마다 아코디언을 연습할 때 김수지 선생님과 교장 선생님이 많이 도와주었다.

〈그리운 금강산〉 첫 소절이 끝난 뒤 내가 등장하는 순간에 조금 떨렸다. 실제 무대는 아니지만 친구들 앞에서 처음 연주를 하려니 긴장이 되었다. 무사히 연주를 마치자 아이들은 자기 악기를 내려놓고 환성을 지르며 손뼉을 쳐주었다.

"와, 환상, 아코디언 소리 좋아."

"나는 아코디언 켜는 사람들을 약장사 같다고 생각했는데 오늘 들어보니 우아하고 괜찮은데."

"일단 특색이 있잖아."

친구들의 얘기에 기분이 좋아졌다. 교장 선생님이 또 나섰다.

"음, 자자, 내 얘기 좀 들어봐. 아코디언이 등장할 때 북소리를 조금 죽이면 좋겠어. 멜로디언 치는 친구들이 일부분에 화음을 넣으면 아주 듣기 좋을 것 같아."

"좋은 아이디언데요."

김수지 선생님도 찬성했다. 이번에는 친구들도 좋은 생각이에요, 라며 교장 선생님 의견을 받아들였다. 멜로디언 팀이 잠시 따로 연습을 하는 동안 북을 치는 친구들과 나는 소리를 조절했다. 잠시 쉴 때 미소가 나를 불렀다.

"내가 코스프레 옷 하나 가져왔어. 〈그랜드 체이스〉라는 게임에 나오는 에델 캐릭터야. 내가 아끼는 옷이지. 짜잔."

"와, 너무 화려해."

파란색 상의에 견장과 금색 장식이 달려 있는 옷은 마치 전사를 연상케 했다. 하얀 바지 옆으로도 금장 무늬가 있다. 미소는 옷 색깔과 비슷한 파란색 가발까지 준비해 왔다.

"〈그리운 금강산〉하고 이 옷하고 분위기가 안 맞는 거 같은데."

"가곡이라고 드레스나 한복을 입으면 더 이상할 것 같아. 아코디언이랑 이 옷이랑 어울린단 말야."

그건 맞는 것 같다. 미소는 내가 에델 옷을 입고 나갔을 때 반 친구들 반응을 보면 합주대회 때 성공할지 아닐지 알 거라고 했다. 나는 미소 말대로 에델 옷을 입고 뒤에 숨어 있었다. 다시 연습이 시작되었고 친구들이 행진곡을 연주하며 들어왔다. 드디어 내가 나갈 차례다. 에델 옷을 입고 나타나자 친구들의 눈이 휘둥그레졌다. 연주가 끝난 뒤 친구들이 꺅꺅 소리를 지르고 난리가 났다.

"대박이다. 우와, 완전 에델인데."

"화장까지 하면 완전 여신 되겠다."

"북녀 송이가 예쁜 줄은 알았지만 진짜 깜놀이다."

애들의 반응이 폭발적이었다.

"질투 나는데."

미소는 그렇게 말하면서도 기분 좋은 표정이다.

"미소야, 너네 집에 있는 코스프레복을 몽땅 여자애들에게 입히는 건 어때?"

내 제안에 미소가 좋은 생각이라며 찬성했다. 미소네 집에 있는 코스프레복이면 우리 반 여자애들이 입고도 남는다. 우리의 계획을 들은 민혁이 엘케이에서 남학생들 옷을 구해 오겠다고 했다.

"아이돌 그룹 선배들이 예전에 입었던 옷들이 회사 의상실에 있어. 내가 실장님께 부탁해 볼게. '뮤직뱅크' 같은 데서 봤던 옷일 테니 옷만 봐도 애들이 쓰러지겠다."

모두들 좋다고 손뼉을 쳤다. 연습을 마치고 주방장님이

또다시 환상의 제육볶음과 유기농채소를 제공해 주어 모두들 맛있게 먹었다.

드디어 개교기념일이다. 다른 학교는 개교기념일에 쉰다는데 우리 학교는 합주대회를 열어 축제처럼 즐긴다. 우리는 지난 토요일 연습 때의 활기를 그대로 오늘의 무대로 옮기자는 각오를 다졌다. 이미 우리는 다른 팀을 압도하고도 남을 무기가 있다. 여학생들의 각종 캐릭터 코스프레와 남학생들의 아이돌 의상. 교실에서 우리끼리 소리를 지르고 손뼉을 치느라 난리가 났다.

"너희들, 옷 때문에 너무 흥분해서 연주곡 까먹을라."

김수지 선생님은 괜한 걱정을 했다. 드디어 강당에 모일 시간이다. 나는 미소가 빌려준 캐리어 안에 아코디언을 넣어 끌고 무대 뒤쪽에 가 있었다. 끝까지 아코디언은 비밀 병기니까. 우리가 들어서자 다른 반 아이들이 꺅 소리를 질렀다. 기껏해야 티셔츠로 통일하거나 체육복을 입은 다른 반 애들은 알록달록 코스프레를 한 여학생들과 화려한 아이돌 복장으로 나타난 남학생들을 보고 얼이 빠져버렸다. 이미 전세가 우리 쪽으로 기울어지고 있었다.

반장들이 나가서 순서를 뽑았는데 공교롭게도 우리 반이

맨 마지막이었다. 중간쯤이 좋다고 하는데 우리에게는 오히려 마지막이 더 나은 것 같았다. 멋진 피날레를 장식하고 우리가 1등 하면 되니까.

악기는 대개 비슷했다. 탬버린, 캐스터네츠, 트라이앵글에다 멜로디언이 고작인 반도 있고, 바이올린과 기타를 치면서 입장하는 가운데 특이하게도 친구가 미는 휠체어에 앉아 첼로를 켜면서 들어오는 반도 있다. 무대 위 피아노와 입장하는 합주단 음악이 맞지 않아 웃음을 자아내기도 했다. 압권은 리어카에 키보드를 싣고 그 위에서 연주하는 반이었다. 불행히도 키보드 소리보다 웃음소리가 더 컸다.

드디어 우리 반 차례가 왔다. 행진곡에 맞춰 절도 있게 입장을 했다. 아이들이 무대로 올라오고 〈그리운 금강산〉이 연주되었다. 첫 소절이 끝나고 내가 등장하자 다른 반 아이들이 우와, 하며 동시에 함성을 질렀다. 아코디언에다 내 복장까지 더해 눈길을 끌기에 충분했다. 2절을 시작할 때 민혁의 아이디어대로 강단 뒤편에서 금강산 사진이 펼쳐지자 여기저기서 탄성이 터졌다. 2절을 연주한 뒤 내가 맨 앞에 서서 경쾌하게 행진곡을 연주하면서 퇴장했다.

우리 반 연주 때 박수 소리가 제일 컸다. 예상대로 우리 반이 1등이다. 최고로 기분 좋은 날이다. 교실로 와서 우리

는 서로 부둥켜안고 소리를 지르며 폴짝폴짝 뛰었다.

"와, 송이. 오늘 최고였어."

"미소 코스프레 옷 최고!"

"민혁이가 아이돌 옷 갖고 온 것도 대박!"

"오늘 모든 게 잘 맞았어."

아이들은 신이 나서 어쩔 줄 몰라 했다. 김수지 선생님도 달려와서 우리와 함께 기쁨을 나누었다. 더 이상 나는 북한에서 온 움츠러든 아이가 아니었다. 친구들과 함께 폴짝폴짝 뛰면서 기쁨을 만끽하는 명랑한 중2였다.

한껏 기분이 좋아서 채송화학교로 돌아왔는데 나쁜 소식이 기다리고 있었다. 교장 선생님의 얼굴이 침울했다. 금옥이 나에게 살짝 귀띔해 주었다.

"전식 아저씨가 채송화학교를 나가버렸어. 얼마 전에 중학교 입학자격 검정고시를 봤는데 잘 못 봤대. 자기는 공부하고는 안 맞는 거 같다며 그냥 대충 살겠다고 하면서 나갔다나 봐. 교장 선생님이 잡아도 뿌리치고 가버렸대."

고민하는 줄은 알았지만 그렇게 쉽게 꺾여버리다니, 마음이 아팠다.

"전화해 볼까?"

내 말에 금옥이 고개를 가로저었다.

"교장 선생님이 몇 번이나 해봤는데 계속 끊더니 이젠 아예 꺼버렸대. 벌써 그렇게 떠난 사람이 여럿 된대. 그럴 때마다 마음이 아프시다면서 우울해하셔. 송이 언니, 우리는 채송화학교에 끝까지 남아서 공부하자."

금옥의 말에 힘차게 고개를 끄덕였다. 방에 돌아와 책가방을 놓고 휴대전화를 여는데 전식 오빠 문자가 들어와 있었다.

> 무슨 일을 하든지 동기가 중요한데 나는 그걸 못 찾겠어.
> 지금 해서 뭐가 되겠나. 나랑 수학 공부 같이해 줘서 고맙다.
> 좋은 모습 못 보여서 미안하다. 내 몫까지 열심히 해라.

전식 오빠의 문자에 가슴이 찌르르 아팠다. 동기가 중요하다는 전식 오빠의 말이 새삼 다가온다. 나를 위해 힘들게 일하는 엄마를 위해 열심히 하자. 전식 오빠 몫까지 보태서.

채송화학교 꽃밭의 꽃들이 예쁘게 자라고 있다. 스마트폰으로 사진을 찍었다. 친구들이 심은 꽃을 보여주기 위해서였다. 전식 오빠가 떠난 뒤 우울해하던 교장 선생님은 다시 원기를 회복했다.

"송이야, 방학식 하는 날 여학생들 다 데리고 와서 발톱에 봉숭아물 들이라고 해. 손톱에 물들이면 학칙 위반일 테니까. 송이 친구들이 심은 봉숭아가 예쁘게 잘 크고 있어."

다 같이 발톱에 봉숭아물을 들이면 재미있을 것 같다.

버스에서 내려 교실로 가고 있는데 누가 뒤에서 불렀다.

"야, 북한 에델. 너 아코디언 잘 켜더라. 북한에서 아코디언이나 켤 것이지 뭐 하러 우리나라 와서 민혁이 꼬시는 거야?"

안경과 빨강이 팔짱을 끼고 나를 노려봤다.

"북한에서 온 주제에 민혁이랑 짝을 해?"

"너네 나라로 돌아가. 여긴 공산당이 사는 데가 아냐."

안경이 손가락으로 내 이마를 밀며 이죽거렸다.

"나는 대한민국 사람이야. 함부로 말하지 마."

나는 눈을 똑바로 뜨고 말했다. 그 순간 가슴에서 뜨거운 게 올라오는 기분이었다. 맞아, 나는 대한민국 사람이다. 그 누구도 부인할 수 없는 사실이다.

"어쭈, 어제 에델 옷 입고 인기 좀 끌었다고 눈에 뵈는 게 없나? 탈북자 주제에."

"탈북자 주제가 어떤 건데? 그게 어떤 건데? 설명해 봐."

내가 안경을 똑바로 보며 말하자 조금 움츠러드는 듯했다.

"어쨌든 너 재수 없어. 오늘은 내가 참는다. 다음에 걸리면 가만 안 둔다. 가자!"

안경이 나를 째려보고는 빨강과 함께 가 버렸다. 정면승부를 하니 대꾸할 말이 없어져서일 것이다. 가슴이 후련했다. 나도 더 이상 움츠러들지 않을 테다.

"잘했어. 내가 나서려다 니가 어떻게 하는지 보고 있었지."

민혁이 나무 뒤에서 걸어 나왔다.

"이제 내가 걱정하지 않아도 되겠는걸. 아주 깔끔하게 처리했어. 굿!"

민혁이 동그라미를 그려보였다.

"너를 보니 용기가 나. 나중에 내가 데뷔했을 때 내 출신을 갖고 누가 딴지 걸면 너처럼 똑바로 쳐다보면서, 난 대한민국 사람이야! 하고 말할 거야. 어제 생각한 건데 이번 방학 때 너한테 아코디언 배우려고. 나중에 나한테 탈북돌이라는 별명이 붙을 때 뭐 하나 특기가 있어야 하잖아. 아코디언 가르쳐줄 거지?"

나는 고개를 끄덕였다.

"아직도 너 예전 버릇 남아 있어. 고개만 끄덕이는 거. 알았어. 그래 같이 열심히 하자. 이렇게 말하란 말야."

내가 또 고개를 끄덕이자 민혁이 놀리냐, 라며 내 볼을 살짝 만졌다. 가슴이 두근두근했다.

민혁과 우리 교실 쪽으로 가는데 1학년 교실 쪽에서 어떤 아이가 나왔다. 그때 그 아이였다. 그애는 나를 쳐다보더니 갑자기 얼굴을 돌렸다. 아코디언 연주할 때 나를 분명히 알아봤기 때문에 피하는 거라는 생각이 들었다. 내가 탈북자라는 걸 알고 피하려는 그애의 심정을 알 것 같았다. 자신을 드러내고 싶지 않은 마음. 내가 처음에 그랬던 것처럼.

"영식아!"

나도 모르게 영식이라는 이름이 튀어나왔다. 그애가 멈칫하더니 돌아봤다. 순간 깜짝 놀랐다. 분명 영식이었다.

"뭐야, 너 아는 애야?"

"응, 먼저 들어가."

"나 말고 다른 남자랑은 오래 얘기하면 안 된다. 일 학년이더라도."

민혁이 눈을 꿈쩍했다. 영식은 얼어붙은 듯 꼼짝도 하지 않았다.

"영식이, 영식이 맞아? 북에서 온?"

영식은 고개를 끄덕였다. 마치 한마디라도 하면 북한 말투가 드러날까 봐 걱정했던 나처럼.

"말해. 나야 송이. 난데 어때서 그래."

"말 안 하는 게 버릇이 돼나서 말이다. 저번에 니를 봤는데 설마 송이일까 했다가 합주대회 때 아코디언 켜는 거 보고 송이인 줄 알았다. 너무 놀랐다, 내가."

"내가 더 놀랐다. 와, 어떻게 온 거야?"

시작종이 울려서 더 얘기할 수가 없었다. 영식과 나는 3시에 만나기로 하고 헤어졌다.

두 명의 남자친구

　수업시간 내내 영식 생각에 공부가 되지 않았다. 왜 이름을 현우로 바꾸었는지, 왜 그렇게 왜소한지, 왜 알은체하지 않는지, 어떻게 한국에 오게 되었는지, 질문이 계속 떠올랐다. 만약 그애가 영식이라면 피해야 하나 어떡하나 고민했던 나 자신이 부끄럽기만 했다.
　3시에 수업을 마치자마자 가방을 들고 뛰쳐나갔다.
　"어디가!"
　"잠깐만!"
　민혁과 미소가 동시에 불렀지만 그대로 나갔다. 영식과 만나기로 한 학교 앞 떡볶이 집으로 갔다. 구석자리에 앉아 있자니 영식이 왔다. 키가 작아 가방이 유난히 커 보였다. 영식은 내 앞자리에 힘없이 앉았다.

"정말 니가 영식이란 말이가. 너무 놀랐다야. 이렇게 만나니 반갑기는 하구마."

"북한말로 하니 이제 진짜 송이 같다. 내가 준 볼펜은 갖고 있는 기가?"

"내가 밤중에 불려 나갔다가 갑자기 왔기 땜에 아무것도 못 갖고 왔다. 내 나무 책상 서랍에 있을 낀데. 못 가져와서 미안하다."

우리는 북한에라도 있는 듯 마음껏 북한말을 구사했다. 속이 툭 터지는 기분이었다.

"이름은 어케 현우가 됐나? 이제 현우라고 불러야 하나?"

나는 김수지 선생님을 찾아가서 들었던 얘기를 꺼냈다. 영식은 조금 감동한 눈치였다.

"완전히 나는 현우다. 호적에도 현우니까 현우라고 해야 하지만 니는 영식이라고 불러라. 우리는 북에서부터 친구였으니끼니."

"아이다. 이제 현우라고 부르겠다. 남한에서 만났으니 남한 호적대로 하는 기 맞다. 현우야."

영식이 현우가 된 과정을 듣다가 나는 결국 눈물을 흘리고 말았다.

영식의 외삼촌이 지난해 말 또 집에 왔다고 한다. 영식이 아픈 아버지 때문에 안 나가려고 하자 외삼촌이 아버지 약을 구해야 할 거 아니냐고 해서 따라나섰단다. 깜깜한 밤중에 두만강을 건너와서 이틀 만에 어떤 여자를 만났다고 한다.

"그 여자가 울면서 나를 꽉 끌어안는 기야. 외삼촌이, 영식아 누나다, 하기에 내가 아이에요, 우리 누나 아이에요, 그랬지. 그런데 그 여자가, 영식아, 누나 맞다, 하는데 목소리는 누난기라."

내가 눈을 둥그렇게 뜨자 영식이 설명을 계속했다.

"우리 누나는 최영자인데 이름을 이현아로 바꾸고 성형수술까지 했더라. 그래야 북에서 나온 보위부 사람이 못 알아본단다. 누나가 원래 예뻤는데 서양여자같이 쌍꺼풀을 크게 하고 코는 높였더라. 예전보다 못해진 거 같은데 서구적으로 보인다고 인기가 많다더라. 조선족으로 호적도 다 바꾸고. 안 그러면 벌써 북에 끌려갔다면서. 누나가 예뻐서 중국에서 돈을 잘 번다 카드라. 음식도 팔고 술도 팔고, 그런 데서 일한다 캐서 마음이 아프더라. 누나가 번 돈으로 외삼촌이 북한과 중국 드나들 때 여기저기 찔러줘서 편했다 카데. 외삼촌이 아버지를 잘 돌봐줄 끼라고 해서 내 안심했다. 누나가 한국 가믄 이름을 현우로 바꾸라 카드라. 아들이니까 대를 이어야 하니 성은 그냥 최로 하고 이름만 현우로 바꾸라 캐서 한국 와서 엄마가 내 호적 올릴 때 최현우로 한 기다."

조국에서 견디지 못해 국적도 바꾸고 얼굴과 이름까지 고치고 살아야 하다니, 한숨이 나왔다. 나도 이제 영식을 현우라고 불러야 한다.

"근데 니 키가 이렇게 작았나? 나랑 비슷한 거 같았는데. 내가 한국 와서 좀 크긴 했지만 나보다 더 작네."

현우는 한숨을 푹 쉬었다. 그러고 보니 떡볶이도 잘 안 먹었다.

"내가 중국에 두 달 정도 숨어 있었는데 그때 일부러 안 먹었다. 누나가 나를 한국으로 보내줄 낀데 가장 빠르고 고생 안 하는 거는 중국에 있는 한국 대사관으로 들어가는 기라고 하더라. 근데 중국이 북한하고 친하지만 한국하고도 외교관계가 있어서 여러 가지로 복잡한 기지. 한국 대사관으로 탈북자들이 몰려들어 다 한국으로 데리고 나오믄 중국이 그런 걸 눈감아 줬다고 북한이 싫어하잖겠니."

복잡하지만 이해가 가는 일이다. 사회시간에 배운 외교관계라는 게 떠올랐다.

"누나 말이 중국을 벗어나 타국으로 나가서 한국으로 가는 건 너무 멀고, 가다가 잡힐 위험이 있다면서 어떻게든 한국 대사관을 통해 가게 해주겠다는 기야. 한국 대사관에서 무슨 행사가 있을 때 문이 열리면 그때 와 몰려들어 가기로 작전을 짠 사람들이 있는데 누나가 거기에 돈을 대고 나도 끼와주라고 한 기야. 근데 그게 쉽지 않은 일이라는 기야. 그것도 뭐 복잡한 외교문제가 있어갖고 함부로 막 북한 사람을 받으면 안 되는 기 있다 카더라. 그라고 대사관 주변에 중국 공안들이 지키고 있으니까. 누나가 어떻게든 나를 보내주겠다면서 들어가다가 문이 닫혀서 못 가게 되믄 나를 무등 태워서라도 담을 넘게 해주겠다는 기야. 나중에 올 때 보니 무등 태워서 담을 넘게 해주고 이런 거는 어림도 없게 되어 있더라마는, 누나 마음이 그만큼 절실했다는 기지."

현우는 무등(목말) 얘기를 듣고 누나가 무거울까 봐 걱정이 되었단다. 그래서 누나가 일 나가면서 먹으라고 차려놓은 밥을 거의 먹지 않고 그냥 버렸다는 것이다. 누나가 밤늦게 오기 때문에 어떤 때는 종일 굶고, 먹어봐야 하루 반 공기 정도로 버텼다고 한다.

"누나가 뭐라고 하지 않았나?"

"누나 앞에선 힘센 척하고 배부르다고 했지. 누나는 잘 먹는데 왜 안 크냐고 걱정하면서 영양제도 사주고 그랬지."

누나를 생각하는 현우, 현우를 생각하는 누나 생각에 눈물이 핑 돌았다. 그다음 말에 가슴이 더 아팠다.

"누나는 나와 북에 있는 아버지를 위해 고생하는데 내가 혼자 밥을 먹기도 힘들더라. 누나는 계속 중국에 남아 있기로 했다. 누나는 아버지를 그렇게 두고 혼자 한국으로 갈 수 없다고 했다. 공화국하고 가까운 데 있어야 아버지를 도울 수 있다고. 외삼촌을 통해서 아버지한테 돈도 보낼 수 있고. 그래서 내가 더 미안해서 혼자 밥을 못 묵었다."

현우는 아버지와 누나 생각에 눈물이 나는지 훌쩍였다. 나도 목이 메었다.

"드디어 누나가 그날이 왔다고 하면서 나를 꼭 안아줄 때 을매나 울었는지 모른다. 우리는 대사관 주변에 숨어 있다가 한국 대사관 문이 열렸을 때 막 달려갔다. 누나는 혹시나 내가 못 들어가면 어떻게라도 밀어 넣겠다면서 끝까지 따라왔다. 애들이 열 명 정도 되었는데 세 명만 들어가고 나머지는 못 들어갔다. 내가 뒤돌아보니까 누나가 손을 흔들면서 울고 있더라. 그거 생각하면 늘 눈물이 나서 한국 와서도 밥이 안 넘어간다. 그래서 키가 안 컸는갑다."

결국 우리는 떡볶이 집 탁자에 엎드려서 울고 말았다. 현우 누나의 가슴이 얼마나 찢어졌을까. 언제쯤 이런 가슴 아픈 일들이 끝날까. 한참을 울다가 우리는 고개를 들었다.

"혹시 우리 할머니하고 아버지 소식은 못 들었나?"

코맹맹이 소리가 나와서 우리 둘 다 웃었다. 만나서 처음으로.

"내가 송이 할머니랑 한번 길에서 마주쳤다. 나한테 할머니가 에고 우리 송이만 하네, 그러셔서 내가 송이 친구 영식이라요, 송이가 어데 갔나요, 했더니 그냥 어디 갔다 그러시더라. 나중에 중국에 와서 니도 혹시 남한에 간 거 아닌가 생각했지. 할머니는 괜찮아 보이시더라."

할머니가 나만 한 애만 봐도 내 생각을 할 정도니 얼마나 마음이 아플까. 할머니가 살아 있을 때 통일이 되어 만날 수 있으면 얼마나 좋을까. 눈물이 핑 돌았다. 창문 너머로 보이는 파란 하늘 위에 뭉게구름이 떠 있었다. 저 구름은 남과 북을 마음대로 오갈 텐데, 우리는 왜 이렇게 살아야 하나. 우리는 한동안 아무 말도 나누지 못했다. 목이 메어서.

"야, 한송이. 너, 내가 불러도 대답도 안 하고 가더니 다른 애랑 데이트하니?"

"뭐야, 한송이. 부리나케 달려 나가서 뭔 일 생긴 줄 알았잖아."

민혁과 미소였다. 둘은 나를 찾기 위해 학교 곳곳을 뒤지

다가 교문 밖으로 나오게 되었다고 했다. 왜 찾았느냐고 하니까 둘 다 그냥 니가 대답 안 하고 달려 나가서, 라고 답했다. 친구가 대답 안 하고 달려 나가면 이리저리 뒤져서 찾을 수 있는데 우리와 헤어진 북한의 가족은 우리를 찾을 길이 없다. 또 눈물이 나왔다.

"왜 감격해서 우는 거냐? 근데 얘는 누구냐?"

나는 눈물을 닦고 현우를 소개했다.

"일 학년 최현우. 놀라지 마. 북한에 있을 때 우리 동네에 살던 애야. 얼마 전에 한국에 왔어. 나도 오늘 처음 만난 거야. 그래서 여기서 그간의 얘기를 나누고 있었던 거야."

민혁과 미소의 눈이 휘둥그레졌다.

"와, 탈북하기도 쉽지 않은데, 탈북해서 같은 학교에서 만났다? 이거 보통 인연이 아닌가 본데. 북한에 있을 때도 둘이 친했어?"

민혁의 말에 현우가 나섰다. 마음이 조마조마했다.

"아주 친했다. 나도 사실 이 학년에 들어가야 하는데 키도 작고 공부도 못 따라갈 거 같아서 일 학년으로 들어간 기다."

"아주 친했다?"

민혁이 현우 말을 따라 하며 우리 둘을 번갈아 봤다. 미소가 손뼉을 치며 좋아했다.

"잘됐다. 이제 북남북녀, 남남남녀 커플이 더블데이트를 하면 되겠네. 현우와 송이, 민혁이와 나, 이렇게 넷이 같이 놀러도 다니고."

미소가 민혁의 팔짱을 끼자 민혁이 팔을 뺐다.

"무슨 더블데이트? 그리고 왜 내가 너랑 짝이 되냐? 내 짝은 한송이야."

"그건 교실에서 짝이고, 밖에서는 나랑 짝해. 이이잉."

미소가 눈을 곱게 흘기며 애교를 떨어 다 같이 웃었다.

"야, 북한에서 온 친구를 만났는데 겨우 떡볶이냐? 내가 피자 쏜다. 가자."

민혁의 말에 현우가 작은 소리로 말했다.

"나 기름진 거 못 먹는데."

어쩌면 내가 겪은 걸 똑같이 겪고 있을까.

"자꾸 먹어봐야 익숙해져. 너 키 크려면 많이 먹어야 해."

몇 달 전에 들었던 말을 내가 현우에게 했다. 내가 생각해도 우스웠다.

피자 가게에서 민혁은 자기도 북한에서 왔다는 사실을 현우에게 말했다. 현우가 깜짝 놀라서 민혁을 바라봤고 민혁은 자신이 형처럼 돌봐줄 테니 어려운 일 있으면 언제든 말하라고 했다.

"뭐야, 셋 다 북한에서 온 공통점이 있네. 우리 아빠 친구가 개성공단에다 공장을 세웠는데 나는 거기라도 갔다 와야겠어."

미소의 말에 다 같이 웃었다.

현우는 내가 채송화학교에서 생활한다는 얘기를 듣고 부쩍 관심을 보였다.

"나도 공부 따라가기 힘들다. 학원에 가봤는데 거기도 어렵고."

"알았어. 내가 남한에서 너 길잡이 해줄게. 몇 달 먼저 온 선배로서."

내 말에 민혁이 바짝 긴장했다.

"가만가만, 채송화학교에서 늘 붙어 있겠다 이거지? 이거 위험한데. 최현우, 내가 공부 가르쳐줄게. 나 공부 잘해."

"학교 마치면 연습하러 가야지. 춤 연습하랴 노래 연습하랴 공부하랴, 너 앞가림이나 잘해. 현우야, 채송화학교에 가서 송이하고 친하게 지내."

미소의 말에 민혁이 입을 삐죽였다.

우리 넷은 'SNS클럽'을 만들기로 했다. South North South, 즉 남쪽과 북쪽이 만나 남쪽이 되었다는 뜻이다. 즉석에서 만든 이름치고는 마음에 들었다.

"빨리 통일이 되어 북쪽 친구들이 다 SNS클럽에 가입하면 좋겠다. 그럼 우리 클럽이 우리나라에게 제일 커질 거야."

민혁이 자기보다 목 하나는 작은 현우와 어깨동무하며 말했다. 미소도 겨우 자기 귀밑에 오는 나와 어깨동무를 했다. 북쪽 아이들이 키는 작아도 남쪽 아이들 못지않게 꿈도 크고 용맹할 텐데. 또다시 눈물이 핑 돌았다.

김수지 선생님이 아까부터 기다리고 있다는 문자 메시지를 보내왔다. 친구들과 헤어지고 선생님에게 달려가는데 힘이 났다. 도움만 받던 내가 현우에게 도움을 줄 수 있게 되어 기뻤다. 문득 열심히 공부해서 나중에 통일이 되면 북한 아이들을 도와주는 선생님이 되고 싶다는 생각이 들었다. 김수지 선생님, 교장 선생님, 캐빈 선생님, 민준희 선생님처럼.

채송화학교로 가는 길에 현우와 만난 얘기를 했더니 김수지 선생님이 깜짝 놀랐다.

"와, 대단한데. 북한에서 온 친구를 만나다니. 대단한 인연이야."

선생님의 축하를 받으며 채송화학교에 도착해 교장 선생님에게도 현우 얘기를 했다. 교장 선생님은 당장이라도 현우가 오면 대환영이라고 했다. 더 많은 아이들이 혜택을 받을 수 있도록 이사장님이 열심히 뛰고 있다고 말해 주었다. 내가 먼저 받은 혜택을 현우에게 나눠줄 생각을 하니 가슴이 뿌듯했다.

나의 아름다운 첫 학기

 나의 한국에서의 첫 학기는 아름답고 즐거웠다. 좋은 친구를 만났고 더욱이 영식, 아니 현우까지 만났으니 대단한 행운이다.
 엄마는 현우를 집으로 초대해서 안아주고 맛있는 것도 해주었다. 현우 엄마와 다 같이 만났을 때 우리 엄마와 현우 엄마는 눈이 퉁퉁 붓도록 울었다. 북한에 두고 온 가족들 때문이었다. 우리더러 나가 있으라고 했지만 우리도 옆에서 같이 울었다. 북에 있을 때 본 적이 있는 현우 엄마가 우리 엄마보다 나이가 훨씬 많았다. 현우 누나를 낳고 뒤늦게 늦둥이 현우를 가졌다고 했다. 우리 엄마는 좋은 언니가 생겼다며 무

척 좋아했다.

민혁은 수시로 문자 메시지를 보내 현우와 너무 친하게 지내지 말라고 엄포를 놓았다. 현우는 그냥 동생으로 생각하라고 너스레를 떨었다.

미소는 민혁이 아무래도 나를 좋아하는 것 같다며 입을 삐죽였다.

"그래도 내 친구 송이를 좋아하니 다행이다. 근데 송이야. 아직은 몰라. 우리가 커봐야 아는 거니까. 나중에 우리가 대학생이 되면 그때 민혁이가 나를 더 좋아할지도 몰라."

나는 민혁이 미소를 좋아한다면 기꺼이 응원해 줄 의향이 있다. 그런 생각을 하면서도 마음 한쪽이 허전하긴 했다.

"미래는 몰라. 민혁이보다 훨씬 더 멋진 애가 나타날 수도 있어. 우리가 대학생이 되기 전에 통일이 될 수도 있고. 그렇게 되면 북한 애들까지 확대해서 봐야지. 너무 좁은 데서만 찾지 말자."

내가 그렇게 말하자 미소가 눈을 반짝였다.

"그렇겠지? 첫사랑은 깨진다지?"

우리는 키득키득 웃으며 맞장구를 쳤다.

모든 게 다 순조로웠지만 성적표를 받고 기운이 쭉 빠졌다. 37명 가운데 30등이었기 때문이다. 교장 선생님은 걱정 말라며 격려해 주었다.

"송이야, 네가 일곱 명이나 따라잡았어. 다음 학기에 또 일곱 명, 삼 학년 두 학기 동안 열네 명을 따라잡고, 그렇게 가다 보면 고등학교 때 일이 등을 다투게 되는 거지."

캐빈 선생님은 아쉽다며 고개를 갸웃거렸다.

"교장 선생님 말씀대로 되려면 영어가 관건이야. 난 이번에 점수가 좀 더 나올 줄 알았는데, 아깝다. 내가 입대만 아니라면 확실히 성적을 올려놓을 수 있을 텐데. 다음 선생님이 더 잘 가르쳐주실 거야."

민준희 선생님은 이번 학기에 기초를 튼튼히 다졌으니 다음 학기부터 점수가 잘 나올 거라고 했다. 수학만 잘하면 정말 1등을 할 수 있을 거라고 격려해 주었다.

이사장님도 첫 학기에 학교에 적응한 것만 해도 대단하다고 말씀해 주었고, 김수지 선생님은 내가 열심히 하고 친구들과 적극적으로 어울리는 모습에 감동받았다고 했다. 내가 그렇게 변할 수 있게 된 건 민혁과 미소 덕분이다. 우리 SNS 클럽에 감사했다.

미소는 방학식 이벤트를 짜느라 열심이다. 여학생들이 채송화학교에 가서 봉숭아물을 들이기로 한 날이다. 전날 뽑기를 해서 코스프레 옷을 나눠주기로 했다.

공주 옷을 뽑은 애는 공주 대접을 받고, 메이드 옷을 뽑은 애는 다른 애들 시중을 들고, 경찰 옷을 뽑은 애는 아이들이 차를 탈 때 질서 유지를 맡기로 했다. 여학생들은 미소의 계획에 다들 찬성했다. 교실에서 뽑기를 했는데 탄성과 한숨이 교차했다. 나는 메이드 옷을 뽑았다. 다행이다. 채송화학교에서 내가 공주가 되어 애들을 부려먹으면 안 되니까. 미소는 자기도 메이드가 되었다며 울상이더니 금세 봉사하는 여자가 될 테야, 라고 했다.

"송이야, 나중에 커서 네가 채송화학교 같은 거 운영하고 내가 후원자가 되면 좋을 거 같아. 우리 아빠가 그러는데 좋은 일을 할 때는 펀딩을 잘 받아야 하는 거래. 좋은 계획을 세워 돈 많은 사람들에게 설명하면 그 사람들이 돈을 내놓는 거지. 일단 우리 아빠랑 민혁이 아빠가 돈을 내놓을 거야. 학교 이름은 뭘로 정할까? 음, 봉숭아학교 어때? 넌 봉숭아학교 교장해. 나는 후원회 회장할게."

미소는 이름대로 하는 말마다 미소짓게 한다. 그렇게만 되면 정말 좋겠다. 미소는 버스에다 간식 꾸러미 제공으로도 모자라 메이드 아줌마를 채송화학교로 일찌감치 파견했다.

야외 바비큐 파티를 위해서였다.

"엄마한테 특별히 부탁했어. 내가 성적이 오른 데다 이 학기 때 더 열심히 하겠다고 약속했거든."

미소는 메이드 아줌마에게 절대 알은체하지 말라고 단단히 부탁했다고 한다.

"아이들이 우리 집에서 준비했다고 하면 기분 나쁠지도 몰라. 채송화학교에서 마련하는 걸로 해달라고 했어."

사려 깊은 미소와 나중에 봉숭아학교를 같이 운영하면 정말 좋을 것 같다.

종례 후 여학생들은 음악실 문을 닫아놓고 옷을 갈아입었다. 합주대회 날처럼 가슴이 두근두근했다. 우리가 버스로 향할 때 다른 반 애들이 모두 바라봤다. 우리는 의기양양하게 버스로 향했다.

나의 첫 학기가 마감되려는 순간이다. 두렵고 어색했지만 많은 사람이 도와주어 견딜 수 있었다. 보국중학교에 들어서던 첫날이 까마득한 옛날처럼 느껴진다. 그 험난하던 탈출길보다 친구들 속으로 스며들기가 더 힘들었다. 하지만 잘 견뎌냈다. 이제 좀 자신감이 생긴다. 다음 학기는 더 잘할 수 있을 것 같다.

미나 소식을 여전히 듣지 못해 마음이 아프고 할머니와

아버지가 보고 싶다. 그건 상담소 박사님 말씀처럼 내가 어찌할 수 없는 일이다. 걱정이 될 때마다 기도하는 수밖에 없다. 사람은 누구나 마음 한편에 자기만의 슬픈 방이 있으니까. 더 큰 기쁨의 방을 만들어 슬픈 방을 위로하면 된다.

거리에서, 방송에서, 인터넷에서, 친구들이 하는 말에서, 암호처럼 흘러나오던 영어 단어와 줄임말과 속어 들을 빼곡히 적어둔 나의 사전 속의 낱말들 가운데 아직 모르는 게 많지만 그래도 많은 암호를 해독했다. 내가 나를 지못미하는 넘사벽들이 주변에 많아 기분 캡짱이다, 라고 말했을 때 민혁과 미소는 오, 지니어스! 하며 엄지손가락을 치켜들었고, 현우는 어리둥절한 표정을 지었다. 나는 내가 만든 사전을 현우에게 선물하기로 결정했다.

나를 도와준 많은 분들에게 어떻게 빚을 갚을까. 교장 선생님 말씀대로 나중에 나 같은 아이를 도와주면 된다. 우선 현우부터. 민혁의 간섭이 심하겠지만.

방학 동안 이사장님, 교장 선생님, 김수지 선생님, 캐빈 선생님, 민 선생님에게 전할 선물을 만들 생각이다. 심심할 때면 개울가에서 흙으로 동물 모형을 빚으며 놀았던 생각이 나서 선생님들 얼굴 모형을 직접 만들기로 했다. 채송화학교 주변에 좋은 진흙이 많으니 정교하게 만들어봐야겠다. 제법

손재주가 있다는 소리를 듣는 편이니까. 교장 선생님과 김수지 선생님은 손잡고 있는 걸로 만들까? 두 분은 확실히 친해졌다. 아참, 민혁과 미소 것도 만들어야겠다. 고마운 친구들.

버스가 출발하려고 붕붕 소리를 냈다. 한 학기 동안 차를 타고 다녔더니 이제 버스 타는 게 두렵지 않다. 버스 창문을 닫아도 멀미가 나지 않는다.

"자. 여학생들 다 탔지? 차문 닫아도 되지?"

기사 아저씨가 뒤를 돌아보며 외칠 때 우리는 출발해요, 라고 소리쳤다. 아저씨가 차문을 닫으려는 데 갑자기 와, 하는 소리가 났다. 남학생들이 몰려온 것이다. 남학생들이 우당탕탕 올라타더니 빈자리에 척척 앉았다. 여학생들이 어리둥절한 표정으로 바라봤다. 민혁이 일어났다.

"야, 여자들만 봉숭아물을 들이는 건 남녀평등에 위배돼. 우리도 봉숭아물 들이고 싶단 말이야. 우리도 갈 거야."

"맞아, 왜 우리만 빼놓는 거야. 채송화학교 교장 선생님은 남자면서 남자를 쏙 빼고 여자만 초대하다니 말도 안 돼."

"우리도 코스프레 옷 줘. 입고 싶어."

남자애들 항변에 모두들 까르르 웃고 말았다. 미소가 전화를 걸어 작은 소리로 말했다.

"아줌마, 남자애들이 열여덟 명 더 가요. 그러니까 고기 더 많이 주문해 주세요. 절대 저 알은체하지 마시고요. 알았죠? 지금 출발해요."

신속하게 문제를 해결하는 미소를 보니 나중에 봉숭아학교는 분명 잘될 것 같다. 버스가 출발했다. 누군가가 합주대회 때 연주했던 행진곡을 흥얼거렸다.

"빰빰 빠라바라밤 빰빰 빠라바라밤……."

모두들 입으로 행진곡을 연주하기 시작했다. 환한 얼굴로 손뼉을 치며.

〈끝〉

나의 아름다운 첫 학기

펴낸날―1판 1쇄 2015년 4월 30일
　　　　2판 4쇄 2022년 5월 5일

지은이―이근미
그린이―설지현 · 설철국
펴낸이―구충서
펴낸곳―도서출판 물망초
출판등록―2013년 10월 21일 제2013-000195호
주소―서울 영등포구 버드나루32, 동연빌딩 2층
전화―02-585-9963
팩스―02-585-9962
전자우편―mulmangcho522@hanmail.net

글 ⓒ 이근미, 2015.
그림 ⓒ 설지현 · 설철국, 2015.

ISBN―979-11-952369-3-0 (43810)

• 이 책은 저작권법에 따라 보호받는 저작물이므로 무단 전재와 복제를 금합니다.
• 이 책 내용의 전부 또는 일부를 이용하려면 저작권자의 서면동의를 받아야 합니다.
• 잘못된 책은 교환해 드립니다.
• 가격은 표지에 있습니다.